U0671263

共和国故事

大 道 通 天

——成渝铁路建成通车

张学亮 编写

吉林出版集团股份有限公司

图书在版编目（CIP）数据

大道通天：成渝铁路建成通车/张学亮编. ——

长春：吉林出版集团股份有限公司，2009.12

（共和国故事）

ISBN 978-7-5463-1733-5

Ⅰ．①大… Ⅱ．①张… Ⅲ．①纪实文学－中国－当代 Ⅳ．①I25

中国版本图书馆 CIP 数据核字（2009）第 237332 号

大道通天——成渝铁路建成通车

DADAO TONGTIAN　　　CHENGYU TIELU JIANCHENG TONGCHE

编写　张学亮

责任编辑　祖航　宋巧玲

出版发行　吉林出版集团股份有限公司

印刷　三河市嵩川印刷有限公司

版次　2010 年 1 月第 1 版　　　　2022 年 1 月第 10 次印刷

开本　710mm×1000mm　1/16　　　印张　8　字数　69 千

书号　ISBN 978-7-5463-1733-5　　　定价　29.80 元

社址　吉林省长春市福祉大路 5788 号

电话　0431－81629968

电子邮箱　tuzi8818@126.com

版权所有　翻印必究

如有印装质量问题，请寄本社退换

前　言

　　自 1949 年 10 月 1 日中华人民共和国成立至今,新中国已走过了 60 年的风雨历程。历史是一面镜子,我们可以从多视角、多侧面对其进行解读。然而有一点是可以肯定的,那就是,半个多世纪以来,在中国共产党的领导下,中国的政治、经济、军事、外交、文化、教育、科技、社会、民生等领域,都发生了深刻的变化,中国人民站起来了,中华民族已屹立于世界民族之林。

　　60 年是短暂的,但这 60 年带给中国的却是极不平凡的。60 年的神州大地经历了沧桑巨变。从开国大典到 60 年国庆盛典,从经济战线上的三大战役到经济总量居世界第三位,从对农业、手工业、资本主义工商业的三大改造到社会主义市场经济体制的基本确立,从宜将剩勇追穷寇到建立了强大的国防军,从废除一切不平等条约到独立自主的和平外交政策,从"双百"方针到体制改革后的文化事业欣欣向荣,从扫除文盲到实施科教兴国战略建设新型国家,从翻身解放到实现小康社会,凡此种种,中国人民在每个领域无不留下发展的足迹,写就不朽的诗篇。

　　60 年的时间在历史的长河中可谓沧海一粟。其间究竟发生了些什么,怎样发生的,过程怎样,结果如何,却非人人都清楚知道的。对此,亲身经历者或可鲜活如昨,但对后来者来说却可能只是一个概念，对某段历史的记忆影像或不存在，或是模糊的。基于此，为了让年轻人，特别是青少年永远铭记共和国这段不朽的历史，我们推出了这套《共和国故事》。

《共和国故事》虽为故事，但却与戏说无关，我们不过是想借助通俗、富于感染力的文字记录这段历史。在丛书的谋篇布局上，我们尽量选取各个时代具有代表性或深具普遍意义的若干事件加以叙述，使其能反映共和国发展的全景和脉络。为了使题目的设置不至于因大而空，我们着眼于每一重大历史事件的缘起、过程、结局、时间、地点、人物等，抓住点滴和些许小事，力求通透。

历史是复杂的，事态的发展因素也是多方面的。由于叙述者的视角、文化构成不同，对事件的认知或有不足，但这不会影响我们对整个历史事件的判断和思考，至于它能否清晰地表达出我们编辑这套书的本意，那只能交给读者去评判了。

这套丛书可谓是一部书写红色记忆的读物，它对于了解共和国的历史、中国共产党的英明领导和中国人民的伟大实践都是不可或缺的。同时，这套丛书又是一套普及性读物，既针对重点阅读人群，也适宜在全民中推广。相信它必将在我国开展的全民阅读活动中发挥大的作用，成为装备中小学图书馆、农家书屋、社区书屋、机关及企事业单位职工图书室、连队图书室等的重点选择对象。

编　者

2010 年 1 月

四、铁路通车与运营

一、 中央决策与规划

● 邓小平在西南局常委办公会议上决定：兴建成渝铁路，造船修建码头。

● 西南军政委员会成立后作出了第一个重大决策：以修建成渝铁路为先行，带动百业发展，帮助四川恢复经济。

● 毛泽东最后作出批示：修成渝铁路，先期启动资金拨 2000 万公斤小米工价。

邓小平决心修建成渝铁路

1949年12月31日，此时西南战争还没有完全结束，邓小平在西南局常委办公会议上决定：

兴建成渝铁路，造船修建码头。

邓小平在1949年11月至1952年7月，担任中共中央西南局第一书记、中国人民解放军第二野战军政治委员、西南军区政治委员和西南军政委员会副主席等职。他同刘伯承、贺龙领导第二野战军和第一野战军第十八兵团，迅速消灭了盘踞在云、贵、川、康四省的90多万国民党反动武装。

随后，以邓小平为首的中共中央西南局带领西南人民迅速改变了西南地区的混乱状况，开创了西南地区稳定、发展的新局面。

其实，早在进军西南之前，刘伯承、邓小平就常说，我们到了四川一定要把成渝铁路修好。

1949年6、7月间，邓小平在上海市市长陈毅家里，曾经两次同陈毅的堂兄陈修和郑重而详细地谈到修建成渝铁路的问题。

陈修和早年毕业于法国高等兵工学校，曾任国民政府军政部兵工署专门委员，沈阳第九十兵工厂总厂长。他熟悉清政府特别是国民党政府曾计划修筑成渝铁路的一些情况。

陈修和说："蒋介石那个时候，他们自己不修，给法国人修。这个法国代表来的时候，我是留法的，我和一个同学请他吃饭，招待他。和那个法国人在一起，我就质问那个法国人，你说要来帮我们修成渝铁路，你们法国人二战后铁路都破坏了，自己国家都修不好，你还来帮我们修铁路，怎么能帮得了？那个法国人告诉我，他说，'美国人给了我们很多东西，随便分一点给你们，你们这个成渝铁路就修起来了，而且成渝铁路只有400多公里'。"

邓小平当时就邀请陈修和与他一起到四川去修建成渝铁路。

陈修和说他不久将赴北平参加全国政治协商会议，抽不出时间去参加修建成渝铁路。

在这种情况下，邓小平就请陈修和物色一些兵工技术人才，让他写一份关于修建成渝铁路的意见书，并要求9月时交给他。

陈修和高兴地答应了，并表示8月中旬即可完成任务。

到了约定时间，邓小平立刻派人拿着他的亲笔信找陈修和询问寻找兵工技术人才的事。不久，陈修和就推荐了几十位技术人员。

9 月的一天，邓小平兴奋地对陈修和说："你邀请来的几十位技术人员，全部报到。我们还组织他们学习了政策。这些留法留德的人才，跟我们有共同的语言——爱国！我们决心把成渝铁路很快修起来！"

1949 年 11 月 30 日，重庆解放后，西南军政委员会在重庆正式成立，邓小平担任副主席。

西南军政委员会成立后，邓小平主持西南局开会，作出了第一个重大决策：

以修建成渝铁路为先行，带动百业发展，帮助四川恢复经济。

在这次会议上，陈志坚被委任为成渝铁路军代表。

1950 年初，重庆许多厂矿的生产还未恢复，劳资之间的矛盾非常突出，停工待业的现象极其普遍。再加上还要支援解放西藏，肃清特务土匪，真可以说是百废待兴，百业待举，千头万绪，困难重重。

但是，就在这样困难的条件下，以刘伯承、邓小平、贺龙为首的中共中央西南局，经过周密研究，竟另辟蹊径，当机立断，作出了修建成渝铁路的决定。

1950 年 1 月 2 日，邓小平在向中共中央报告重庆解放一个月后西南的情况和建设新西南的计划时，他特别提出：

着重于修成渝铁路。

新中国成立后，国家面临着西南刚刚解放，战争尚未完全平息，社会秩序尚未安定，国家财政相当困难等各种不利因素。

但是，党中央和政府从彻底改善西南人民的生活出发，决定即使在这样艰难的条件下，也要立即开始兴建成渝铁路。

很快，中共中央、政务院批准了西南军政委员会关于修建成渝铁路的报告，并同时提出：

依靠地方，群策群力，就地取材，修好铁路。

这一决策，反映了西南7000万人民的愿望。自古就有"蜀道难，难于上青天"的感叹，四川人民对改变这种状况早就怀有强烈的愿望，修建成渝铁路更是四川人民心中多年的夙愿。

6月1日，铁道部部长滕代远下达成渝铁路动工的命令。

6月12日，西南铁路工程局成立，邓小平出席了成立大会。

其实，早在1903年7月，即清光绪二十九年，当时的四川总督锡良会同湖广总督张之洞，曾联名奏请清朝政府，修筑川汉铁路。

自古道："蜀道难，难于上青天。"四川地处西南内陆，四川盆地海拔不高，但四周被高山和高原环绕，除东面长江与外界沟通外，北西南三面封闭。

交通不便，使帝国主义难以畅通无阻地在四川倾销商品和输出资本。因此，帝国主义首先用武力夺取和控制了四川航运权。

但这远不能满足他们的贪欲，他们又将注意力集中在夺取四川铁路权方面。

从 19 世纪中叶起，帝国主义就将掠夺中国的铁路权作为扩大侵略、输出资本、宰割中国的重要手段。

面对帝国主义国家的虎视眈眈，四川人民提出了自主筑路的要求。

当年川汉铁路预定线路，从四川成都经内江、重庆、宜昌，终点到达湖北汉口。后来修建的成渝铁路，也就是这条铁路线在四川境内从成都到重庆的一段。

早在 1904 年 1 月，川汉铁路总公司就在成都乐府街成立，这是中国最早成立的铁路公司。

为了修筑成渝铁路，爱国志士纷纷到国外学习铁路工程和路政管理经验，并分别在重庆和成都兴办了铁路学校。

成渝铁路的资金采用股份制集资办法，全川人民都成为铁路股东。然而腐朽的清王朝任凭帝国主义瓜分中国，1908 年清王朝执行所谓的"利用外资开发实业"，大借外债修筑川汉铁路。

1909 年 10 月，川汉铁路部分路段开工。

1911 年 5 月 9 日，清政府宣布"干路均归国有"，与英、法、德、美四国签订借款合同，将川汉铁路的筑路权出卖。

1911 年 8 月，修筑近两年的川汉铁路，不得不宣告停工。

四川人民强烈反对清政府的卖国行为，痛斥清王朝是"务国有之虚名，坐引狼入室之灾祸"。但是卖国卖路的清王朝仍不顾四川人民和全国人民的反对，竟以"铁路国有"为名侵吞了四川人民集资的修路款。

清政府的卖国行为，激起了仁人志士的爱国热忱和强国之志。四川各阶层民众纷纷加入"保路运动"。这场运动由反对帝国主义侵略中国铁路主权和清王朝卖国卖路为开端，逐渐发展成为推翻帝国主义和清王朝专制统治的"保路同志军"武装反清运动。

清政府为镇压四川爆发的武装起义，慌忙从湖北调集兵力进入四川，造成武昌守备空虚，这为武昌起义的成功创造了极好的条件。

武昌起义成功后，全国立即响应，各省纷纷宣布独立，清王朝被推翻了。但是，成渝铁路的前景却没有任何改观。

吴玉章、朱德、刘伯承等中国共产党内一些四川籍的老革命家，都曾受到过保路斗争的影响。

参加过辛亥革命的刘伯承曾经说过：

四川人民为了一条铁路发动了辛亥革命，但辛亥革命没有成功，而铁路连影子也见不到。

少年邓小平也曾亲历了这一切。1912 年袁世凯窃取了政权后，四川和中国其他地方一样，再度陷入内忧外患之中。

1920 年，16 岁的邓小平远赴法国勤工俭学，去寻求救国救民的真理。

辛亥革命以后，无论是以袁世凯为首的北洋军阀，还是后来控制了北京政府的直系军阀吴佩孚；无论是四川军阀混战中的土皇帝，还是国民党蒋介石，都大言不惭要修成渝铁路。

1936 年 6 月，南京国民政府成立成渝铁路工程局。"成渝铁路筹备处"和"成渝铁路工程局"的招牌挂了几十年，历届反动政权以修路为名派款拉夫，搜刮了人民无数物资钱财。

虽然国民政府也为成渝铁路修建做了一些准备工作，但直到刘邓大军挺进四川，蒋介石逃到台湾之时，成渝铁路才只完成了全部建筑安装工程的一小部分，而且线路标准都很低，整个成渝沿线连一根枕木都没有铺上，一根钢轨也没有安装。

人们觉得，修筑成渝铁路真的成了四川人民的一个不可能实现的梦想!

1947 年 5 月，成渝铁路的整个工程已经陷入瘫痪。成渝铁路只在重庆到永川段修建了部分路基、隧道、桥梁，只完成了总工程量的 14%。

毛泽东同意修建成渝铁路

1949 年 11 月 30 日，中国人民解放军解放重庆。12 月 4 日，重庆市军管会派主管交通部门的负责人到成渝铁路工程局开会，宣布成渝铁路由人民政府接管，留用原有员工。

随后，军代表刘备耕、陈志坚等先后到成渝铁路工程局进行各方面的工作。一方面，他们了解过去的情况，清理各处室的文书、图纸、表册、档案等等；另一方面，筹划筑路事宜，做积极的复工准备。

接着，工程局就开始了招考技术人员、领工员、测量员的工作。另外工程局还在嘉陵宾馆邀请各方面有关人士就成渝铁路复工的各项问题，广泛征求意见。

1949 年 12 月 31 日，在邓小平主持的西南局常委会上，被搁置许久的修建成渝铁路工程被重新提上议程。

当时邓小平也在考虑：清政府和国民党政府修不好的成渝铁路，中国共产党能不能修好？但作为一个四川人，邓小平对引发辛亥革命的四川保路运动太清楚了，知道四川人民的迫切愿望。

中央将四川、贵州、云南及西康划为西南区，在重庆市设立中共中央西南局、西南军政委员会和西南军区，分别由邓小平任西南局书记，刘伯承任军政委员会主席，贺龙任军区司令员，统一领导西南区的工作。

同时，川西、川东、川北、川南4个行署和重庆市及西康省，均直属大区领导。4个行署和西康省一共管辖21个专区、6个市、191个县。

新中国成立之初，周恩来就把西部的铁路交通建设放在政府工作的重要议程上。他说：

> 要发展西北，要帮助西北民族文化的发展，首先的问题是修铁路，最大的目标就是跟新疆通起来，并和内蒙古贯穿起来。西南也是这样，不但成渝铁路要修起来，汉东的两条铁路还要连起来，铁路要通过去，通到贵州、云南，另外还要通到湖南、广西，这样把西北、西南贯穿起来，西北、西南才能发展。

四川地区行署向中央详细报告了四川当时的情况。报告中说：

四川人民要求发展交通，兴修铁路，这是生产发展的必然结果。长久以来，西南的交通条件不能满足生产发展的需要，在若干地方，原始的交通影响和限制了经济的发展。

当时西南地区除云南边缘上有一段铁路外，再没有铁路设备，运输非常困难。陆路交通方面公路很少，大都是高低不平、蜿蜒曲折的山道。这些山道无法通行车子和牲口，运输全靠人力挑背。水路运输虽然比较发达，但是山谷很多，水急滩险，航运也不方便。

西南矿藏丰富，物产丰饶，号称"天府之国"的成都平原那里的 30 多个县，许多县的水田超过了旱地的收成。

成都到处是望不到尽头的稻田和烟叶田。从成都东南开始，经过简阳、资阳、资中到内江，那里是全国著名的"糖都"。人们亲昵地把它称为"甜内江"。这个区域的甘蔗就像华北和东北的高粱。直到初冬，还是一片碧绿的青纱帐。

内江区的蔗糖产量占西南区糖产量的 70% 至 80%，最盛时期，年产量曾达 1100 多万公斤。在提炼蔗糖的同时，每月还可生产 37 万升以上的酒精。但由于无法外运，只得把甘蔗当柴烧。

贵州等地过去有很多人因为吃不到盐或缺少盐，头颈粗肿，身体衰弱。但是在四川，从内江往西南走 45 公里，是全国著名的自流井盐区，最盛时期曾经年产井盐 2600 多万公斤，盐却成堆地放在那里无人问津。

四川的隆昌、荣昌、永川和江津，盛产名贵的四川橘柑，就像北方的柿子那样多。为全国人民所喜爱的夏布，也出产在这里。目前西南最感缺乏的煤炭，这里年产可达 200 多万吨，而蕴藏量估计最少有 4.4 亿多万吨。

重庆是目前西南重工业的中心，然而这里的交通非常不便，运输货物异常困难。运价贵到不可想象的程度。

一件商品，稍一移动，运费就要超过它本身的价值。永川地区每吨煤价旧币 15 万元，运到成都就卖旧币 80 万元。

富饶的成都具有发展各种工业的条件，但因煤价过高，许多应该开办的工厂都不能开办。广大群众没有煤烧，不得不用许多有用的木材做燃料，每年大约要烧去 20 万立方米木材，如果用这些木材造纸，可以造 4 万吨纸。

由于交通不便，运价不但很贵，而且运输所需时间很长。川西有一个发电厂从重庆用汽车运送 400 吨机器到成都，竟花费了七八个月的时间；重庆生产的钢轨，用木船运到内江附近，就要费时 40 天。

成渝沿线地区，盛产多种特种作物，并不出产或者很少出产粮食。而成都平原却是产粮区。中间相隔不过 50 多公里，但时常发生特种作物区买不到米的现象。这就严重地影响了特种作物的大量生产。

1940 年内江地区的蔗田面积曾达 54.2 万亩，生产甘蔗 13.4 亿多公斤；到了 1941 年，蔗田面积骤降至 35 万亩，甘蔗产量降为 8.35 亿多公斤。蔗田面积和甘蔗产量骤然下降，就是因为粮食供不应求。

但在成都、新都和离内江不远的大足等地，是西南重要的产粮区，每年都有四分之一或三分之一的余粮；四川、云南和贵州等省的若干山地，还有拿大米喂猪或者当做燃料的离奇现象。那里的大米吃不完，又运不出去，米价贱到每斤旧币 200 元。

可是山地特别需要的工业品，又贵到令人难以相信的程度。在重庆，一匹芦雁白布只要 174 公斤大米，到川北山区却要 350 公斤以上。一条上海毛巾，运到山地就值好几十斤大米。

在西南区，相距百多里的邻近县份，物资交流就这样困难，和外省、外区的交通，就越发不容易了。华北、华东都需要西南供给许多东西，因为运输困难，许多应该供应的东西都运不出去。

1950 年，上海急需粮食，当时西南准备了 2 亿公斤大米，只是因为运输不便，不能全部运去。西南需要上海的工业品，但上海的商品不能直接运来，必须绕道徐州、郑州、西安、宝鸡转成都。

西南的交通困难，阻碍了西南人民经济生活的上升，影响了西南工业的发展，也阻塞了全国物资交流的正常进行。

交通闭塞也是四川农村经济破产的原因之一，也同时阻碍了城市工业的发展。所以很久以来，四川人民一直渴望在这里修筑一条铁路，并曾经为了筑路出了不少钱，流过不少血。

中央领导都审读了四川地区行署的报告，而当时中央主要考虑的是：新中国成立初期，百废待兴，单就铁路来说，至少有两条线路亟待开工：一是刚成立的海军提出修建从山东蓝村到烟台和浙江萧山的铁路，以备海防；二是新疆的王震将军给中央打了四五次报告，请求加快对宝兰、兰新铁路的修建，以巩固西北边防。这些都是迫在眉睫的任务。

因此，当邓小平赶赴北京向毛泽东请示时，毛泽东回答说："你能说服我，我就鼎力相助；若说不服，那就暂时搁置。"

当时邓小平用三条理由说服了毛泽东：

第一点，四川交通闭塞，政令不畅，古人云：天下未乱蜀先乱，天下已治蜀未治。四川作为西南首省，不修铁路不利于政令畅通。

第二点，重庆、成都是西南中心城市，如修铁路，不仅可以带动四川乃至西南百业兴旺，还可向全国提供优质大米、猪肉、禽蛋和副食品，互通有无。

第三点，中国人还从未自行设计、自行施工修建铁路，如果成渝铁路率先修成，既可提高我国的国际声望，又可使大大小小的工厂订货充足，加快工业发展。

邓小平说了这三点后，他接着说：

我们还面临着很大的困难。我们只好集中力量办一两件事，绝不能百废俱兴。成渝铁路

中央决策与规划

一开工，不但可以带动四川的经济建设，而且可以争取人心，稳定人心，给人民带来希望。

从政治大局着眼，从整体带动工商业恢复入手，建设新西南的工作。

毛泽东听了邓小平的三点理由，他也考虑到，成渝铁路沟通巴蜀，同时也确实是四川通往贵州及华南地区的重要通道。

毛泽东同中央、政务院多方组织会议，最后终于下定决心，作出批示：

修成渝铁路，先期启动资金拨 2000 万公斤小米工价。

当时建设成渝铁路，是在经济和设备都相当困难的条件下开始的。邓小平回到西南后，他同刘伯承商议，由西南军区抽调所辖部队组成军工筑路队，开始先期的铁路建设。

邓小平说，我们调出一部分部队参加修路，也是为着替人民少花一些钱，把铁路建设起来。

邓小平又把这个意见上报毛泽东，说明在经济困难的条件下，先用军队来修筑成渝铁路等几条路线的做法的必要性。

毛泽东听后认为这个意见是正确的，当即批示：

甚为必要，望即着手布置进行。

1950 年 3 月 21 日，中央成立"重庆铁路工程局"，并确定了沿线 9 个工务段和成都工程处的组织机构和人员安排，接着就用武装护送工程人员到各自工作岗位的所在地，以防土匪和特务的侵害。

1950 年 5 月，中央批准了刘伯承、邓小平、贺龙提出的筑路方案，并专门调拨了 1 亿公斤大米，作为工程的第一次投资。

1950 年 6 月 15 日，修建成渝铁路工程重新开工。

所有中国人意识到，成渝铁路将会在中国铁路发展史上具有极其重要的意义，因为它将是新中国自行修建的第一条铁路。

贺龙组建铁路工程指挥部

1950年秋和1952年秋，刘伯承和邓小平先后调离西南，贺龙成了西南地区党、政、军的最高领导，他把主要精力放到了抓经济建设工作上。

早在1949年5月下旬，毛泽东就指出：

一野4个兵团35万人年底以前可能占领兰州、宁夏、青海，年底或年初准备分兵两路：一路由彭德怀率领位于西北，并于明春开始经营新疆；一路由贺龙率领经营川北，以便与二野协作解决贵州、四川、西康三省。

因此，贺龙从担任西安军管会主任期间，就积极进行入川准备。他从西北地区抽调了6000余名军队指战员和地方干部，集中在山西临汾做南下准备。

贺龙还从晋绥军区抽调一些干部，化装成商人、老百姓到西南侦察，了解政治、军事、经济情况。

7月16日，毛泽东指示：

刘伯承、邓小平率二野主力取道湘西、鄂西、黔北入川，12月到重庆地区；贺龙率10万

人左右入成都。由刘、邓、贺组成西南局，经
营川、滇、黔、康四省。

西南地区解放后，中共中央西南局和西南军区逐步
把工作重点转到经营西南，恢复和发展工农业生产，进
行经济建设，以及建设现代化国防军上来。

贺龙进成都不久，他就指示军管会在成都平原周围
兴修水利工程，发展农业生产，并派部队参加抢修都江
堰，他还亲自写信对施工部队进行鼓励和慰问。

贺龙进一步了解到，四川境内山高水险，交通不便，
自古被称为"蜀道难，难于上青天"。交通不便，不仅影
响到与全国的联系，而且严重地影响了四川经济的发展。

新中国一成立，在国民经济恢复与建设的蓝图上，
关系国计民生的交通和铁路建设便摆到了突出的位置上。

政务院铁道部副部长吕正操说：

毛主席、中央所有领导都希望中国有铁路，
中国铁路太少了，两万多公里，一半多在东北。
1949 年解放时大部分铁路都被破坏了，1950 年
一方面抗美援朝，一方面修铁路，这些铁路都
在修。

在贺龙、邓小平向中央提出修建成渝铁路的报告后，
中央很快就批准了。由此，新中国成立后，决定修建的

第一条铁路，就是成渝铁路。

贺龙作为中共中央西南局第三书记、西南军区司令员、西南军政委员会副主席，肩负着领导军队和地方的双重任务。而建造成渝铁路，必须调动军队和地方两种力量。所以，修路的重担就责无旁贷地落到了贺龙的肩上。

1950 年 6 月成渝铁路开工时，贺龙从西南军区抽调了 3 万官兵作为骨干，又在地方动员了 10 万民工，组成了一支筑路大军。

为加强领导，贺龙组建了由西南军区和西南军政委员会铁路局参加的铁路工程指挥部。

二、 铁路勘测与设计

● 邓小平说："对蓝田这样的专家要大胆使用，让专家有职有权，并且在工资待遇上要给予从优照顾。"

● 蓝田说："直到 1949 年解放，我的整个工作和生命，才从许多破灭的幻想中获得希望，那时刚好度过 62 岁生日。从那以后，我才开始做我多年梦寐以求的工作。"

● 苏联专家连称："如果在苏联，这样的贡献完全可以获得'红旗勋章'。"

起用蓝田勘测成渝铁路

1950 年 5 月的一天，邓小平在大溪别墅驻地召开会议。邓小平在对修筑成渝铁路的意义进行了深刻阐述后，他手指轻轻地敲着桌子，望着在座的李达、蔡树藩、孙志远、赵健民等人。

过了一会儿，邓小平指示：

> 人民解放军要由战斗队转化为工作队，修成渝铁路我们军队要打头阵。沿线还有小股土匪，军队一边修路，一边剿匪！

随后，邓小平就着手组织成渝铁路的准备工作，他想到了在中国铁路史上享有盛名的蓝田。

著名工程师蓝田从 1917 年就开始从事铁路工作，是著名的选线专家。30 多年来，他几次入川参加成渝铁路工程建设，又几次退出。

抗日战争爆发后，蓝田随铁路部门内迁，第二次入川工作。抗战胜利后，他得知成渝铁路将要复工的消息，兴奋不已，决定离职留在四川修路。

经当时四川省建设厅厅长何北衡推荐，蓝田被委任为成渝铁路工程局工务处长。当时路局负责人根本无意修路，蓝田屡次提议视察外段路线，欲加修改，均被以无改动必要为由而阻止。

以后工务处长易人，蓝田被调为有职无权的副总工程师，对修路计划更无权过问。成渝铁路时断时续开工达 10 余年，消耗了大量人力、物力和财力，但直到解放前夕，寸轨未见。

蓝田痛心不已。他感到无所事事，在苦闷之中，封存了所有专业书籍和资料，以作诗画画、篆刻自娱，并从佛学中寻求精神寄托。

蓝田说：

在经受这许多痛苦之后，我渐渐认识了，没有国家的独立，没有人民的解放，就谈不上工业化和交通建设，也无法实现个人的理想。

但是，蓝田在 1950 年得知中共中央西南局作出了要"把成渝铁路很快修起来"的重要决策后，知道自己没有理由继续隐居了，他不顾自己已年届六旬，迫不及待地要加入到开路先锋的队伍中去。

正求贤若渴的邓小平大喜过望，他特别提醒主持修建工作的西南铁路局说：

对蓝田这样的专家要大胆使用，让专家有职有权，并且在工资待遇上要给予从优照顾。

铁路勘测与设计

邓小平的热情让蓝田重新看到了希望。

直到这时，蓝田的才能和抱负才得以施展，他先后被任命为西南铁路工程局巡视组主任、西南铁路设计分局线路勘测队队长、宝成线广略段总体设计负责人、铁道部第二设计院设计总工程师等职，负责西南地区的铁路勘测设计工作。

蓝田说：

直到 1949 年解放，我的整个工作和生命，才从许多破灭的幻想中获得希望，那时刚好度过 62 岁生日。从那以后，我才开始做我多年梦寐以求的工作。

蓝田平时不爱说话，但很愿意和人们在一起相处，也很爱听取大家的意见，尤其是群众的意见，他从来不对人摆老资格。

蓝田为了在有生之年为国家多作贡献，尽管年事已高，但他仍以"鞠躬尽瘁，死而后已"的精神勉励自己，有时一天徒步往返三四十公里。

因为当地刚解放不久，社会秩序尚不稳定，再加上地势特别险峻，给勘测工作带来了极大的困难。在艰苦的环境中，蓝田处处以身作则，辞谢上级对他的照顾，和年轻人一道攀山越岭，风餐露宿，一直坚守在工作的第一线。

　　蓝田在工作中有一次不慎跌伤，肋骨骨折，医生要他休息一个月，但他坚持带伤不离现场，直到任务完成。

　　直到 20 世纪 50 年代末，年逾古稀的蓝田还坚持到野外踏勘、指导工作。

勘测铁路重庆至内江段

1950 年 6 月，西南铁路工程局成立于重庆嘉陵新村。铁道部第二勘察设计院负责勘测设计我国第一条铁路新线——成渝铁路。

西南铁路工程筹备处设在两路口嘉陵新村 18 号，这里原来是美军司令部的军人俱乐部，修建了八角形的舞厅，推窗就可以见到嘉陵江，环境十分幽雅。

筹备处负责人是第二野战军的一位老干部程骏，财务人员是原成渝铁路局的孙振恺。又陆续从东北调来了姜文财和张坤，从重庆女子师范调进了张光婷、鄢宝灿等人。

成渝铁路是解放后我国修建的第一条铁路，当时集中了西南、西北各地的优秀技术人员，西南铁路局中这批技术人员来自各个方面。

胡懋康、姚章桂、蓝田、安子正、张光揆、蔡为苍、潘罕言、陈冠春等来自原成渝铁路工程局。

刘建熙、雷从民、何宗焯、陆永汉、张赉融、刘文斌、余恒村等来自原黔桂铁路部建筑工程处。

翟鹤程、吴启佑、王玉如、孔繁琏等来自原宝天铁路工程局。

郝昭骞、文蒸蔚、谢光进、凌宗尧等来自原中国桥梁公司重庆分公司。

另外西南铁路局还招聘了耿启曾、李诗言、李景诗、江彝准、刘国修等人。

韦宙、蒋彭龄、邵善臻、管成宪、陈德华等人刚从三兵团、五兵团、西南服务团转到西南铁路局。

周丕烈、谢进范、刘国钧等人则是刚毕业的大学生。

4月，第一批工程人员分赴工地沿线，按铁道部的部颁标准重新对成渝铁路进行勘测。

其实，早在1936年12月，南京国民政府成渝铁路工程局就在成都正式成立了，还招聘了土木工程师。

王锦堂当时听说后，他立即从家乡冀中平原奔赴"天府之国"。他在成渝铁路工程局任工务员，将近两年时间，参与勘察成都至重庆的线路，制订建设方案。

但南京国民政府的投资拨款却未能兑现，加上政府自南京迁汉口，又自汉口迁重庆，定重庆为陪都，前方正面战场战役频繁，军费支出浩大，南京国民政府宣布暂停修建成渝铁路。

1949年11月30日，重庆解放后，中共西南局作出的第一项重大决策就是"以修建成渝铁路为先行，带动百业发展，帮助四川恢复经济"。

同年12月7日，成立"重庆市军事管制委员会交通接管委员会铁道部"，1950年3月21日成立"重庆铁路工程局"。

随后几天，重庆铁路工程局又派18个分队开始勘测

重庆周围的道路，其中 4 个组开始成渝铁路重庆至内江段的勘测工作。

1950 年 7 月，沈玉昌应竺可桢之请，调到南京地理所工作，不久他便很积极地参加了西南铁路选线工作。

同年 10 月，沈玉昌勘察成渝铁路。当时成渝铁路已进入施工阶段，一些地段出现的问题很多，亟待处理。沈玉昌和工程指挥部密切配合，反复勘测研究，解决了重庆至内江段永川大滑坡以及内江至成都段黄鳝溪简阳桥等一系列工程地貌问题，沈玉昌也因此受到西南军政委员会交通部的表彰。

1951 年"五一"劳动节后，骆孝根与勘测队长马元珍和 10 多名工友一起，戴着大红花，从上海火车站出发赶赴重庆。那天站台上锣鼓喧天，欢送的横幅悬挂在醒目位置，列车在《三杯美酒敬亲人》的乐曲声中出发，开往武汉。

他们到了武汉，又换乘长江轮船上行到重庆。武汉到重庆是逆水，所以轮船行驶得很慢，从武汉至重庆足足坐了两天两夜船，才到重庆铁路工程局报到。

大家一致感觉，修建成渝铁路的难度比浙赣铁路可大多了，测量队经过的许多地方很少有人居住，有的地方甚至连路也没有。

他们经常要扛着上百斤重的测量仪器在悬崖峭壁间测量，精心核对每个数据，制作出一张张合格的图纸。

大家知道，成渝铁路的勘测设计工作是解放前进行的，很不完整，标准比较低，并已动工修建了一部分路基土石方及桥梁隧道工程。

勘测队经过请示中央铁道部，解放前已经完工的工程暂时还依照原来的标准，解放后基本按照铁路建筑二级标准修建，因而施工中需要变更原来设计方案的地方很多。

而且勘测人员更清楚，因为全线动工时间紧迫，不能不采取边设计、边改进、边施工的办法。

因而，在整个施工过程中，全线工程技术人员在改善线路设计、提高线路质量、节约工程造价、指导军工民工修路等方面，都进行了仔细的勘测研究。工程人员充分发挥了作用，保证了施工的正常进行。

勘测铁路成都至内江段

1950 年初，国家把修筑成渝铁路列为重点建设项目。在勘测设计中，考虑到蓝田擅长选线，决定让他带领勘测队沿线勘测。

为了精确测量线路，蓝田从重庆沿长江一直步行到了朱羊溪，又从内江沿沱江走到金堂，经过反复比较，他提出将原定的成都段从成都沿沱江姚家渡、赵家渡至乱石滩改为从成都经洪安乡，越柏树坳，沿小溪至沱江边的乱石滩。

成渝铁路成都至乱石滩段，原定路线从成都北门外起，经过金堂赵家渡、淮口到乱石滩，全长 72 公里。这条线路必须经过淮口凉水井一带，那里地质不良，属大塌方地段。

蓝田经反复实测，用事实道理说服了大家，提出从成都经洪安乡、柏树坳，沿石板河下至沱江边接乱石滩的改线方案。这个方案不仅使铁路避开了原定路线的不良地质地段，保证了行车的安全，而且可以缩短线路 23.8 公里。

蓝田提出的这个方案需要在柏树坳增加一座 622 米长的隧道和部分大中桥。但即使这样，这个方案不但能提早完成工期，而且从长远看，还能替一穷二白的国家节省旧币 150 亿元的材料和施工费用以及运营和维修费用，是一个很有价值的建议。

可是，当时刚刚解放不久，隧道施工基本上全是靠手工操作，进度较慢。加上这段线路要重新勘测、设计，这样必然会耽误一部分施工时间，影响 1951 年底全线通车计划的完成。因此，大家认为当时蓝田所提出的这个方案是一个有风险、有争议的方案。

铁道部和工程局领导很重视这个方案，经铁道部多方论证、比较并审查后，又经过苏联专家参与研究，大家都认为新方案线路比较短，远期经济效益也比较好，应当予以采纳。

最后由铁道部报请政务院批准，这个方案被采纳实施。并将成渝铁路原定争取 1951 年底通车改为 1952 年 7 月 1 日通车。

后来援华的苏联专家听说了这件事后，连连点头说道："如果在苏联，这样的贡献完全可以获得'红旗勋章'。"

勘测队进行成渝铁路成都至内江段勘测时，我国著名铁路选线专家郭彝在勘测中发现，旧的成渝铁路的选线，有些地方水患严重，他经过实地勘测，建议做了多处改进工作。

郭彝建议取消资阳车站沱江危险工程，将车站移至莲花山一侧，因而改善了运营和给水条件。他同时提议将线路绕移黄鳝溪，这样既保留了资阳城关镇大片房屋街道，又使黄鳝溪桥址不致遭受沱江及黄鳝溪的常年冲刷，还可以取消沿江数公里的高路堤，使汛期不致因江水倒灌而淹没县城及大片农田。

郭彝还提议，将隆昌车站东移 150 米，省去了数十万立方米的坚石挖运工程，并改善了运营条件。他还建议取消五凤溪沱江边 10 余座挡土墙危险工程和临江寺沱江水中两座挡土墙 4000 立方米土方工程，以及取消墨池坝 400 米设在沱江沙滩上的中线，改走梯田小山口等。

在蓝田关于柏树坳的提议提出之前，成都工务段工程师梅蓬春在定测这一段时，发现当年的初测有些缺点：一是成都到柏树坳这段线路弯道太多，共有 25 个；二是从柏树坳到五凤溪弯道太小，而且同向曲线和异向曲线之间的直线只有 5 米，不符合标准；三是成都枢纽站在什么地方，并没有测定出来。

而这时，3000 多民工都已陆续来到工地，等待开工了。这些工作稍有失误，责任都是重大的。

同时，当地的社会治安秩序还很不好。在工地沿线，东起巴县、永川，西至简阳和成都郊区的龙潭寺、石板滩，国民党的潜伏特务、土匪武装同地主恶霸势力勾结，经常大肆骚扰破坏。

再加上当地地势特别险峻，给勘测工作带来了极大困难。

梅蓬春为了不耽误民工施工，他不顾个人安危，在未经上级批准定线方案以前，昼夜赶工放线为民工安排了工地，并且精心测量纠正了初测时的一些缺点。

经过梅蓬春的精心测量后，柏树坳这段线路减少了20个弯道，只用了5个弯道，最深挖方只有5米。局检查组对梅蓬春进行了表扬。

梅蓬春为了解决柏树坳到五凤溪一段弯道太小的问题，他将原初测时只有柏树坳一个隧道的方案，在定测中另外增加了13个隧道，使这段线路完全符合了规定标准。后来因为有了争论，局里派工作组来现场解决，经过科学论证，完全同意了梅蓬春测定的方案。

在蓝田提议柏树坳改线后，郭彝和工程师蒋绿芬进一步建议柏树坳隧道北口由柏树坳山东面改为柏树坳山西面出口，避免了水患，缩短了线路1公里。

勘测队在成都枢纽站的测量问题上，考虑到成都市区和附近的一些地区、厂矿企业，他们决定扩大测量范围。因此必须采用大地测量的办法。

勘测队认为，进行大地测量最好是用三角网测量，但当时由于没有这方面的设备，只好改用导线网测量。经过梅蓬春主持精心测量，最后导线闭合只差两毫米，精确度达到四万分之一。

陈祖阄在二十分段境内发现雷鼓坪隧道这一段石质是石灰石，如果线路外移一点改作路堑，既省钱，又稳定，还可缩短工期。陈祖阄建议取消这座隧道改作路堑，他的建议很快得到了局里的批准。

陈祖阄在十七分段时，发现从天灯坝、明心河、梳妆台到柑子园这一带线路绕着沱江走，迂回曲线太多，靠江太近，需要挖石方太大，这样就造成线路太长，很不稳定。

陈祖阉反复踏勘比较，另选了一条新的线路，这条线既平直又可省掉一段大挖方和一座明心河中桥，只需在闪将坳增加一条260米长的隧道，还可以缩短线路2.3公里。

这个方案经过局里派总工程师来现场审查同意，最后报铁道部批准了。

解放初期，桥梁、隧道等大、中型工程，曾经使用过"包工"。后来实践证明，越是依赖"大包工"，进展越慢，而"小包工"层次少，管理得力，工程进展反而快些。

陈祖阉经过反复比较，要想加快施工进度，有必要改变这种生产关系，因此他向局里建议把"包工"改为直接属段上领导的"自办工程队"。

全段职工都拥护陈祖阉的这个建议，很快得到局里的批准，从而在施工体制上进行了一次重大改革。

三、 铁路建设与施工

●邓小平说："同志们是开路先锋！要遵守劳动纪律，要学会掌握修路技术，尊重技术人员的指导，同时技术人员也要尊重群众的意见，要紧密团结起来进行工作。"

●邓小平致辞说："四川人民渴望 40 多年的愿望，就要实现了！"

●修筑成渝铁路的全体 10 万民工，在新年上书毛泽东，说："我们成渝铁路 10 万筑路民工，已经在 1951 年年底，胜利地完成了将近全部的路基工程，值此新年之际，我们愿把这个成绩作为对您的献礼。"

举行铁路开工典礼

1950 年 6 月 15 日，西南铁路工程委员会在成都西南军区大操场举行了成渝铁路开工典礼。

邓小平在会上以高昂热情的话语，鼓励大家去进行新的战斗。他说：

> 我们进军西南，一开始就下定决心，要把西南建设好，而建设西南首先要从交通建设抓起。今天，西南军政委员会开工修筑成渝铁路，这正是我们建设大西南的开端。

> 成渝铁路是在经济十分困难的条件下进行的。因此，人民对建设的希望是花钱少，事情办得好。为把事情办好，我们调出一部分军队参加修路，也是为着替人民少花一些钱，把铁路建设起来。

> 我们今天订出修路计划，开始兴工，并不等于问题解决了，真正的困难是在开工之后才能发现，所以今天是不能盲目乐观，许多的困难问题必须要以为人民服务的精神，逐步地求得解决，求得克服。

> 同志们是开路先锋！要遵守劳动纪律，要

学会掌握修路技术，尊重技术人员的指导，同时技术人员也要尊重群众的意见，要紧密团结起来进行工作。

邓小平致辞时激动万分，他说：

四川人民渴望 40 多年的愿望，就要实现了！

邓小平号召大家发扬革命精神，一定要把成渝铁路修好，结束四川没有一寸铁路的历史。

随后，贺龙将印有"开路先锋"四个大字的红旗交到了负责建设成渝铁路的西南军区工兵部队的战士代表手中。

西南军区副司令员周士第在兵工筑路开工典礼大会上，发出响亮的号召：

我们把帝国主义、封建主义、官僚资本主义集中表现的国民党反动派蒋介石匪帮的统治推倒了，这是光荣的；现在来修筑铁路，就是新社会的建设，这也是光荣的！

当天，筑路一总队高举"开路先锋"的旗帜，开赴九龙坡、油溪工地，揭开了修筑成渝铁路的序幕。

遵照邓小平的指示，修筑成渝铁路军工是开路先锋。首先，由西南军区直属部队组成军工筑路一总队，于

1950年带头进入施工地段。

刘伯承、邓小平决定由西南军区副司令员李达担任西南铁路工程委员会主任委员，西南军政委员会秘书长孙志远和西南铁路局局长赵健民担任副主任委员。

1950年7月28日，根据修筑成渝铁路军工筑路工作会议的决定，由川东、川南、川西、川北四个军区先后组成4个军工筑路总队，陆续进入沿线工地。参加成渝铁路施工的军工部队共2.6万多人，以后增加到3万人，编为5个军工筑路总队。其中：

西南军区直属队4000人组成军工第一总队，施工地段由重庆菜园坝至江津油溪，长85公里。

川东军区6000人组成军工第二总队，施工地段由江津油溪至永川城西，长71公里。

川南军区4000人和十五军1000人组成军工第三总队，施工地段由十五军修筑永川二郎堂至单石铺，长6公里；川南部队修筑隆昌石燕桥至内江，长44公里。

川西军区和西康军区共8000人组成军工第四总队，其中5700人的施工地段是由资中银山镇至球溪河；另2300人的施工地段是资阳王二溪至马草湾。

川北军区3000人组成军工第五总队，施工地段由大足邮亭铺至隆昌石燕桥，长49公里。

8月2日，西南铁路工程委员会召开成渝铁路军工筑路会议，李达在会上作了报告，着重讨论了统一组织领导、任务地段的划分、工具的准备和粮柴供给等问题。

当战士们得知成渝铁路不仅是新中国要修建的第一条总长超过 500 公里的大型铁路，而且还是第一条使用国产器材修筑的铁路时，大家都感到很自豪。

解放军有开展立功竞赛、创立劳模的传统。军工一总队一上路，总队党委就发出了立功的号召，专门制定了立功条例、立功标准，在部队中广泛开展了立功运动。

四总队成立时，川西军区政治部就发出了开展立功竞赛的指示，要求发扬解放军"战斗是英雄，劳动是模范"的传统精神，号召大家："在战斗中立过功的同志，要争取功上加功，没有立过功的同志，要加倍努力，争取立功。"

广大指战员立刻热烈响应了各总队开展立功竞赛、创立劳模的号召。

西南军区警卫团二营副营长陈玉来带头表示："要在筑路中克服一切困难，保证完成任务，争取当模范。"

一总队一支队特等功臣赵明德说："我是九连的特等功臣，我要发扬过去艰苦奋斗的精神，在修筑成渝铁路中争取功上加功。"

战士刘克远在进军西南时没有立过功，这次他表示："要在修路中争取光荣立功。"

十团一连连长王全龙表示："拼了命也要把路基按时筑好，绝不多拖一天。"

战士们还提出了"不怕山高石头多，碰到英雄变平坡"的口号。

修建重庆至江津段

1950 年 8 月 1 日，成渝铁路筑路军工队开始从重庆出发，向西施工铺轨。

贺龙十分关心成渝铁路的修筑。当时四川没有标准轨铁路，火车头进不来。贺龙亲自向总参报告，派来登陆艇，将火车头、车厢从汉口通过长江运到重庆九龙坡。

贺龙欣慰地获悉，随着重庆解放，由第二十九兵工厂更名的西南工业部重庆一〇一钢铁厂轧出了钢轨。他早就听说，成渝铁路动工之初，许多外国人认为 500 多公里的铁路器材是不可克服的困难。特别是钢轨，有些人坚持说"中国不能制造"，理由是"历史上还没有用中国钢轨修铁路的先例"。

但贺龙了解到，成渝铁路每根钢轨都是重庆一〇一厂的产品。他当时就问下面的人："一〇一厂怎样能制造这全部钢轨的呢？"

有人向贺龙汇报说："本来一〇一厂只有一部能造钢轨的轧钢机，是 60 年前买来的。它曾在汉阳兵工厂闲待了几十年，以后移到重庆，又被丢在旷野蒿草里。

"一〇一厂这次在接到制造钢轨任务的初期，谁也不知道轧钢机能不能使用。这时，中央人民政府重工业部的负责人和苏联专家来了。他们把轧钢机检查了以后断定：只要稍加修改，就可以轧出合乎标准的钢轨来。

"工人们听了高兴地说：解放了，这个躺了60多年的'老母鸡'也该翻身了。赶快起来下个蛋吧！工人们和苏联专家一起把机器搬出来，设计了场址，修改了烘钢炉和其他应该修理的部分。1950年5月10日，西南工人自造的第一根钢轨出世了。全厂欢声雷动，职工们一致高呼，要为供给成渝铁路所需要的全部钢轨而奋斗。"

又有人接着对贺龙说："可是，当时工人们的技术还很不熟练，虽然烤哑了嗓子，熏红了眼睛，工作效率还是很低。1950年后期，时间已经过去了57%，任务才完成了15.3%。按照铁路局的计划，那年要通车到距重庆125公里的朱羊溪。如果钢轨产量不能提高，当年计划就不能完成，并将影响整个铁路的施工。

"钢铁工人们看到自己责任的重大，决心提高技术，开展生产竞赛，保证完成钢轨生产任务。工会和行政签订了第一个集体合同，各个生产小组制订了自己的保证计划。工程师深入车间寻找改进技术的门径，压直工人提出了新的操作法，运输工人提高了运输效能，保养班的工人紧紧守候在机器旁边。工人们一致宣誓：车间就是战场，不获全胜不算英雄。

"这种英雄气概和忘我的劳动热情，终于使他们按时完成了当年的任务。

"这里生产的钢轨和其他铁路上铺的钢轨一样，也是42公斤重的标准轨。其中一部分是新型的、苏联式的标准轨，现在正在向成渝铁路的西段运输。"

战士们一见到这些国产的钢轨，都十分兴奋，蹲在那里摸个不够。他们感慨地说："从前咱中国连钉子也造不出来，买来外国的叫'洋钉'，解放才一年，我们就造出了这么好的钢轨，真是看一眼都浑身是劲儿!"

在重庆大渡口的铺轨工地上，工人们推着载满钢轨的小平车，就像战士推着大炮，一个劲儿地向前冲。到了轨道的前沿，口令一下，10多个铺轨工人拖起一根钢轨就往前跑，哨音一响，沉重的钢轨就放在枕木上了。紧跟着，连接安装鱼尾板的工人，钉道的工人，把一根一根的钢轨连接成铁道。

起初，一天的进度才铺200米。后来，济南铺轨示范队来支援了，他们采取"侧拉侧放"的先进操作法，把钢轨侧放在小平车上，侧起拉出来，再侧放在枕木上，然后把钢轨扳正、衔接好。这样，铺轨的速度就加快了。

开工典礼刚刚过去40天，正当工程顺利进展之际，更艰难的时刻来临：朝鲜战争爆发了。

朝鲜战争爆发后，在"团结起来，进行充分准备，打败美帝国主义的任何挑衅"的号召下，西南军区所属部队整装待发，准备投入抗美援朝战争，参加修建成渝铁路的军工部队陆续撤出。当时为了确保成渝铁路修建工程的正常进行，上级决定重新调整部署。

1950年10月2日，西南军区工兵司令员兼政委谭善和正带领西南军区工兵部队指战员修建康藏公路，这时，他突然接到西南军区的命令，调他们去参加修筑成渝铁路。

谭善和接到命令后，与副司令员廖述云、政治部主任刘月生等开会研究决定：工兵八团、十二团继续执行修筑康藏公路昌都至拉萨段的任务；工兵二团、七团、十团、十一团4个团马上收拾行装，向东返回四川参加成渝铁路的修建。

11月中旬，李达当面向谭善和布置了任务。他说："成渝铁路的工程包给了西南军区部队，由川东军区、川西军区、川南军区、川北军区及西南军区直属队分别组成5个军工总队投入施工。当时工兵部队正在抢修康藏公路，因此军区没有要你们参加。

"现在，由于参加修筑成渝铁路的步兵部队大部参加抗美援朝，留下的任务就只有交给你们工兵了，你们要克服困难，保证按期完工。筑路期间，工兵司令部在党政工作上仍属西南军区领导；在技术上接受西南工程委员会的指导；与铁路工程局则是合同关系。"

按照这个要求，谭善和率领4个工兵团及西南军区工兵学校，于1951年元旦前后全部进驻到施工地点。

当时西南军政委员会对工兵团的具体部署是：工兵十团及西南军区工兵学校承担永川段工程；工兵七团负责资中段工程；资阳段工程交给了工兵十一团和工兵学校的两个中队；简阳段工程由工兵司令部直属队和工兵学校一个大队负责；成都段工程由工兵二团承担。

西南军政委员会劳动部决定，再剩下的任务只好由川西、川北、川东、川南四个行政区从各个城镇招募失业工人和沿线动员的农村民工接替下来。

这时，西南军政委员会劳动部发布了关于失业工人参加修筑成渝铁路的指示：

> 为切实贯彻中央救济失业工人之指示，很好地处理当前失业问题，特组织四川各区失业工人参加修筑成渝铁路，以便达到以工代赈之目的，现需动员2.2万名失业工人积极参加修建铁路，由军工带领，分区分段，密切配合，灵活调节，有组织有领导地如期完成筑路工程，为大西南的铁路交通奠定一个现代化的基础。所以必须认清这是一个重要的政治任务，各方面都要掌握原则，共同努力，一定要做好这个工作。

西南军政委员会劳动部同时宣布了失业工人参加修建成渝铁路的各种规定。

在那个百废待兴的时期，参加建设的民工有15万人，筑路的工具却极少，直到开工一年多以后，才逐步配备了部分修筑桥梁隧道的机械。

沿线还有很多农民带上干粮、锄头、箩筐，看到哪里需要人手就在哪里干活。

工地请他们吃饭，他们总是推辞说："又不是给别人做活，我们是在为自己修铁路。"

农民们征地、拆迁当时是不计算费用的，都是指哪打哪，划哪给哪。全川人民支援、支持铁路建设是建国以后第一次新中国建设的高潮。

抗美援朝开始时，民工们要求参加志愿军，后来知道修好铁路也就是加强了抗美援朝的力量，就掀起了更大的工作热潮。

成都铁路局工人杨显良说："每天下班以后，大家自动地加班半个小时。这半个小时，大家鼓足干劲，一喊抗美援朝，捐献飞机大炮开始了！大家挑着挑儿一趟趟跑。过了一会儿，大家又吼一声，捐献飞机大炮了，接着拼命跑，一个追一个，那个情况简直就像一个自动的流水线，哗，哗！"

工程一开工，工兵团就面临着各种困难：丘陵地带地势起伏不平，梅雨季节提前到来，河流涨水、工地泥泞。部队虽然修建公路是内行，但修建铁路却又是外行了。他们的机器设备少，零配件又特别缺乏，而且稍微有点故障就无法使用。还有就是汽油也供应不上，运输经常中断。

指战员们面临着这些困难，仍然发扬艰苦奋斗精神，努力苦干。尽管他们努力苦干，甚至下雨也照常施工，伤病不下工地，但2月份的工程进度仍然没能达到原定指标。

谭善和与部队领导针对这种情况，召开了工程会议，经过大家讨论，最后提出5条对策：

一、各团成立工程委员会，连队成立工程组，由各级领导和工程师、技术员组成，充分发挥工程技术人员的作用，杜绝蛮干。

二、严格按照施工规则办，坚持质量第一，等摸索到经验后再提超额完成任务。

三、发扬技术民主，多开工程民主会、"诸葛亮会"，建立经验通报制度，集中群众智慧拿出克服困难的办法。

四、节约汽油，非生产性车辆一律使用酒精。

五、不依赖机械，立足于现有的铁锹、十字镐、钢钎、炸药包。

工程会后，施工情况有了改善，进度提高得很快。

郎朝璧在开始成渝铁路的修建工作前，他就已参加军工筑路部队，专门从事铁路建设工作。

郎朝璧随筑路部队到重庆时，路基还没修到铜罐驿。路基上的石头多数都是一坨一坨的，根本不能作路基道砟。他们赶紧提出了这个问题，及时作了纠正。

郎朝璧修建成渝铁路期间，先后干过采道砟、架桥梁、装卸、铺轨等多种工作。他们采道砟有的是河边的卵石，有的是把大块石头砸成小块青石。

随着铺轨工程的延伸，住在很远的地方的农民听到修铁路的消息，赶几十里路也要跑到铺轨工地来看看。

他们听说，这时候建设工地上最紧缺的是枕木。由于当时国家经济紧张，我国的铁路器材从来都靠外国供给。不仅钢轨、道岔那样贵重的器材，就是枕木、道钉都得到外国去买。

筑路人员对他们说，我们中国有许多大森林，但外国人硬说"中国树木不能做枕木"。理由是他们听其他"外国人这样说过"。

农民们听到这些之后，都自发地行动起来。

祖坟山上那些过去不敢动的风水树，现在农民们一听到要修铁路，没人去发动他们，就自动地把风水树砍了，亲自送到铁路上来。

不少人家的青年献出做新床的木料，老人献出了要做寿棺的方材，还有的农民捐献的都是高级木头，像香樟木、紫檀木，但他们谁也不提报酬的事。

四川人民为修建成渝铁路献出枕木129万根。

筑路工程大队二分会工会主席杨德理解农民的感情，他对铺轨工人说："老乡们睁大着眼睛看我们工人铺轨，我们大家要动脑筋，创纪录，不辜负农民兄弟的期望。"

拉轨区队何炳小组的工人，创造了"侧拉正放"的先进操作法。试验成功后，创造出一天铺轨高达5000多米的新纪录。

半年之后，他们超额完成任务归队。10万余民工继续向艰难的蜀道发动全线总攻击。

另外，北京、天津、上海、汉口、昆明、贵阳等地数千名铁路职工和工程师，远道来援。关外的钢铁，京津的机车与车厢，逆着长江源源西上。

成渝铁路沿线远近数十县的人民和干部，也一齐动员起来，成队的汽车和船只载满筑路器材、粮食、煤和盐，沿着成渝公路和长江、沱江，来来往往。

重庆至江津县朱羊溪的125公里已经通车了。

征用民生公司的一艘登陆艇，从武汉走长江上水，运来了一台火车蒸汽机头，这是四川人民第一次见到真正的大火车头。这件大事引来了众多的围观群众，一时间，九龙坡码头边人声鼎沸，热闹非凡。

大家看到这是一台从东北转运过来的火车头，尽管擦洗得油光锃亮，但还是有人从标牌上注意到它的生产时间，有人说这是一台老掉牙的蒸汽机头了。

火车头运到了九龙坡码头，但要把这个近百吨的大家伙从河边弄到几十米高的坡上来，却使所有的工程师都犯了难。

当时，九龙坡码头趸船上的吊车，最大的起吊能力是40吨，这已经是整个西南地区最大的起吊装置了，怎么能吊起这个近百吨的火车头呢？

西南铁路工程局工会在码头现场集中了工程师、技术员和起重工人，召开"诸葛亮会"。大家动脑筋，出主意，想办法，最后拟订了一个"蚂蚁啃骨头"的方案。

这个史无前例的方案有三条措施：

第一，把火车头的煤箱、水箱和蒸汽机车分解。

第二，码头上行轨道的轨距改为铁路的轨距，并和坡上已铺就的铁路连接。

第三，把起吊物件捆上钢缆，当吊车起吊时，同时启动若干部卷扬机往上拉。

作战方案定下来后，工程技术人员精密计算了每根钢缆和每部卷扬机的拉力，增加了保险系数，务必安全地一次吊运成功，把火车车头这个庞然大物从江边登陆艇吊拖到坡上来。

这样的操作方法，在国内是绝无仅有的。所以，马上引起了许多领导同志的关注，更引来了各报社的新闻摄影记者，大家都要一睹这惊险而又壮观的历史性场面。

密密麻麻的钢缆已经锁稳了，4部卷扬机在坡上准备就绪，工人们各就各位，小红旗在江边、坡上摇曳，趸船上的吊车伸出了长长的钢臂。

开始了，在总指挥一声哨音的命令下，钢臂稳稳地把蒸汽机车抓离了趸船。

当钢臂转过身来，连着火车车轮的蒸汽机缓缓地落向铁轨，随着卷扬机齿轮发出的嘎嘎声，每一根钢缆都立时拉紧了。当火车头终于落在了铁轨上，钢臂松开了，卷扬机全部开动。最后总共花了半天的时间，安全地把这个大家伙拖到了九龙坡临时铺就的铁轨上。

所有的人都在欢呼："成功了！"

由东北调来的火车司机、司炉，点燃了蒸汽机锅炉。当成渝铁路的建设节节往前伸展的时候，这台火车头便开始运输各种设备和器材了。

从开工至此时，全线筑路部队已完成土石方 1000 余万立方米，占全线工程的 40% 以上；大小桥梁涵洞 970 余个，已完成 30% 以上；隧道 40 条，已修好了 21 条。

修建江津至永川段

1951 年元旦，铁路工人赶制好新机车，载着筑路功臣和工程师，自重庆菜园坝车站出发，在新铺好的线路上节节前进。

江津的天气非常晴朗，人们欣喜地站在成渝铁路路轨旁，仔细看着出自重庆工人之手的崭新的铁轨闪着银灰色的光彩，用力嗅着来自四川农民之手的柏树枕木散发出的阵阵清香。

筑路部队中有人知道，江津是聂荣臻的故乡，这里的人们一直为此而感到自豪，所以大家都送给江津一句赞美语：江津是个好地方！

江津位于重庆主城都市圈 50 公里辐射半径内，地处重庆都市经济圈，是离主城最近的重庆六大区域性中心城市之一。它西与合江县相邻，离成都 340 公里，南距贵州省约 330 公里，是联结川南、黔北地区的中转站。

火车通过江津、白沙，直抵朱羊溪等车站时，成千成万的人群像潮水一样从四面八方涌来。农民来不及放下背上的粪箕，妇女抱着娃儿，都来看火车。

青年和儿童追着火车跑，学生、商人和店员打腰鼓、扭秧歌，向筑路大军与铁路职工致敬。火车到站后，很多人伸出手来抚摸着车厢，欢喜得落下眼泪。

许多人议论说:"国民党是骗钱的,人民政府才是真心给人民办事的!"

乘车参观的西南军政委员会的委员们,也都非常兴奋。火车沿着风平浪静的长江,穿过减租和土地改革后的新农村,来到商业繁华的白沙码头时,某委员即兴成诗:

白沙江路铺双轨,绿野春藤簇万家。

古语说:"蜀道难,难于上青天",筑路大军到了这里,就知道这话真是一点也不错。要在四川这样峰峦起伏的山地上修铁路,比在平原区域修铁路,其工程之艰难真要超过数十倍。

他们作过比较,如京汉路与陇海路东段,一公里平均只挖填5000立方米土方和石方就够了,但在成渝路,一公里平均要挖填4万多立方米,而其中石方还占绝大多数。

大家都切身体会到,在山岩上挖石方是非常困难的。这天,他们来到隆昌县瓜子岩,成渝铁路被威严的瓜子岩挡住了去路。而且这里几乎全部是坚硬的石头,原来所筑的路基只能通过火车的车身。

按照新的标准,这段路基必须加宽2.22米。民工们必须在这段路基向下开凿一条十六七米深,1公里多长的大槽子。

工程进行时，工人们像壁虎一样趴在绝岩峭壁上。在窄的地方，他们的脚一半儿踏在石棱上，一半儿悬在空中。当他们抡锤钻孔时，石头便从脚下裂开了，周边的人都替他们捏一把汗。

而最困难的是，在这样又深又窄又长的峡谷中，没有吊车，怎么把碎石运出去是个问题。没有好的办法，峡谷中的碎石除了部分大块从数丈高的绞架上吊出以外，大部分都只能由工人从空中的云梯上把它挑出去。

这些云梯顺着边坡架起，下面是一层木梯，木梯上面接一层石阶，石阶上面再接一层木梯，木梯上面再接两层石阶。

挑着石块走在上层石阶和木梯上的工人，如果一不小心，就有掉下去摔死的危险。

但是，民工们向铁路局提出保证："完不成任务不回家，铁路不修成不松劲。"

为了克服困难，他们创造了许多办法，并努力钻研技术。他们制造了一种"油车"，可以节省10倍的人力。办法是：在山坡上修一条斜路，作为轨道。路上嵌入若干根竹板或树枝，上面用泥糊平，经常在上面浇水，保持油滑。再用1米多长的方形木板放在这条轨道上，由四五个人驾驭它，就可以载运一两千公斤重的石块。

民工队普遍建立了技术研究组，随时随地研究和改进技术。开始铺轨时，一个队每天只能铺三四百米，现在已达到4080米。

许多青年民工为赶修铁路，甚至不愿回家结婚。威远县民工官敦伦原定在春节结婚，但在婚期以前，他就分别写信说服母亲和未婚妻，说他不能回家，请未婚妻先到他家里去，等到完工之后，夫妻再行团圆。

有些民工手受了伤，就用肩膀去抬砖头，脚受了伤就坐起来用手掌钎子帮别人打炮眼。

为了争取出席"五一"劳动模范大会，民工们发起了个人和个人的挑战、队和队的竞赛，使筑路效率由起初只到标准工的70%，提高到了150%至200%。

工人家属也都把修路看成和自己利害密切相关的事，写了很多信来鼓励自己的亲人好好修路。他们在土地改革或减租中分到了田地，退到了押租，所以都盼望早日修通铁路，好买便宜的东西。

人民政府为修筑成渝铁路，除派遣人民解放军西南驻军做开路先锋，另外动员了10余万失业工人和翻身农民作为修路的主力。

这样，从重庆到成都，在山峦起伏、沟河满布、长达500多公里的土地上，这支由工、农、兵组成的声势浩大的劳动大军开山填渠，对山岭和江河展开了英勇的斗争。

1951年6月的一天，江津工区线路工王建斌正在检修线路的时候，有人打电话告诉他说："你爱人生了娃儿，家里没有人照顾，要你赶快回家。"他回答说："完成任务要紧，请同志们暂时帮助照顾一下。"

第二天，又有人打电话给王建斌，说他的大娃儿病了，爱人很着急，要他不管怎样也要回去一次。王建斌果断地说："任务还没有完成，等我完成任务再回家。"

王建斌技术好，对工作也很负责，线路上发生一般障碍，他不超过 4 小时就会修好。王建斌说："为了建设祖国的成渝铁路，我要把我的一切能力贡献出来。"

6 月中旬，成渝铁路全体工人保证于 7 月 1 日前把铁路修到永川县城，来庆祝中国共产党成立 30 周年。

担任江津至永川段路基修筑工程的西南铁路工程总队所属的 4 个民工大队，为完成这个光荣的任务，自 6 月份以来就不分昼夜轮班工作，创造出无数模范事迹。

第四大队第三中队指导员陈福自动参加夜班工作，受了伤还不肯退出工地。

第五中队炊事班陈继民等 8 名工人，他们每天除了担任 200 多人的饭食供应外，一有时间就到工地帮助修路工人施工。

西南铁路工程局桥梁工程大队的工人，在工具极端缺乏的情况下，想出各种办法，将两座 15 米的钢桥及时装置完毕。

担任铺轨的工程大队全体 500 余人，在保证工程质量不降低的基础上，每日铺轨速度已较 1 月份提高了 120%。截至 20 日，路轨已铺过临江车站，距永川不到 12 公里。

大家早就听说，永川历史悠久，山川秀美，人民热情善良，经济比较繁荣。永川是因为"附城三河汇碧、形如篆文'永'字"而得名。唐代大历十一年，即公元776年置县，距今已经1200多年，它曾是江津专区、永川行政公署所在地。永川位于重庆西部55公里，再向西离成都276公里。

自1936年6月国民政府成立"成渝铁路工程局"续建成渝铁路，到1947年5月整个工程陷入瘫痪，成渝铁路只在重庆到永川段修建了部分路基、隧道、桥梁。现在，新中国的筑路大军将要把这段没有完成的工程完美地建设成功。

大家不分昼夜，加班加点，心中只有一个念头，修好成渝铁路，圆四川人民多年的梦想。

1951年7月1日，成渝铁路终于成功从重庆通车到永川。工人们承诺，他们年底可以通车到内江，明年就可以全部完工。

永川县白庙村农民协会副主任吴唐氏在庆祝大会上，看见挂着毛泽东像的火车头带动着一列彩车驶进站台时，她兴奋地说："我还是当娃娃的时候就听说修铁路，现在我都50多岁了，从来没有看见过火车。今天，我才盼到了'铁龙'，这家伙，能坐好多人，装好多东西啊！"

四川农民不仅热心修路，而且还热心护路。在重庆到永川沿线上有不少农民护路队员。他们之中有青壮年的男子，背着娃娃的年轻妇女，也有50多岁的小脚女人，他们夜以继日地轮班守护着自己的铁路。

一个护路的老大娘说："在美帝国主义还没有被消灭的时候，我们要严防土匪特务的破坏。"

这些自愿护路队队员的口号是："不丢失一个道钉。"妇女护路队员经常像打扫自己的家一样把长长的路基打扫得干干净净，还整理道砟，清理水沟，见到道旁有一点杂草就拔掉。

巴县仁和乡建设村李王氏，在 5 月 13 日下大雨时，她仍在铁道上巡逻。突然，她发现铁道一处土方下坠，钢轨悬空了。李王氏赶忙召集其他队员，一面通知机务段，一面迎着火车开来的方向跑去，就这样避免了事故的发生。

四川的人们说："我们这样热爱火车和铁路的心情是十分自然的，因为我们已经盼望了 40 多年，直到今天，直到人民政府成立以后，才真正见到火车开始在巴山蜀水之间飞驰。"

军工部队从 1950 年 6 月 15 日上路，到 1950 年 10 月底归还建制，在短短的 4 个月中，轰轰烈烈地开展了立战功创劳模的活动，迅速地掌握了施工技术，提高了工效，出色地完成了任务。

军工一总队不仅按期完成了从重庆到油溪段 85 公里的路基任务，还超额完成两万个标准工。

筑路大军在成渝铁路沿线上到处可以听到农民们唱出这样的歌：

人民政府爱人民呀！

共产党的恩情说不完！

人民的铁路人民修呀！

人民的铁路人民护！

人民的江山万万年！

修建永川至隆昌段

1950 年 8 月到 1951 年 5 月，成渝铁路施工大军在永川至隆昌段筑路施工。

筑路官兵和工人们都知道，当时由于成渝铁路是一条两端没有铁路衔接的特殊线路，因此，修路需用的材料都得利用汽车或船只来运输。

而当时西南铁路工程局只有 30 多辆汽车，能够正常使用的只有 10 多辆，这样少的汽车要满足全线需要，是根本不可能的。

同时工程局还考虑到，汽车的运价比水运要高 4 到 5 倍，所以当时必须更多地依靠水运来解决。

工程局当时定下的水运线路是：从重庆用较大的木船沿长江上行至泸州，再由泸州换成较小的木船，沿沱江转运到内江以及资中、资阳和成都等地。

工程局同时接到反映，沱江上的木船吨位较小，同时又是逆水行船，四川境内的江河滩多水又急，平均运输距离要达 800 多公里，每船往返一次大约需要一个月的时间。

局领导们讨论说，这样一来，沿江需要 600 艘左右的木船和 4000 余名船工。往来航行的确是一项十分繁重的任务。

为了保证圆满完成这一项任务，局里加派了50余名材料押运员，当时刘振福就在其中。

刘振福负责重庆到泸州这一段的押运任务，每次起程刘振福一般都是一人经管8条船同行。

刘振福每次上船，就和船工们一样吃在船上，住在船上，遇到急流险滩，就帮助拉纤撑船；遇到刮风下雨，就主动保护好水泥不让受潮。

刘振福有一次押运材料时，正是长江的洪水季节，他看到长江一线都是浊浪滚滚，急流汹涌。他们的船走到朱羊溪附近时，不幸有两条木船同时触礁了，船被撞了个大洞，江水涌进了船里。

船老板当时吓坏了，因为装水泥的全部是木桶，只要江水泡湿了木桶，水泥就要报废。

刘振福在这关键时刻没有慌张，镇定指挥，他组织船队全体船工一边堵漏，一边将水泥抢运到岸上。

桶装水泥每桶170公斤，两个人抬一桶，大家奋力从船上往下抬。争分夺秒，终于抢救出6吨多水泥，只损失了1吨多。

为了让船队先走，刘振福自告奋勇一个人在江边守着水泥，等候上面另派接运的船只，于是他在暴风雨中一直等了一天两夜。

还有一次，刘振福在押运时遇上了大风大雨，船上的篷都被刮走了。刘振福发现船上带的篷布不够，他就把自己身上穿的棉大衣脱下来盖在水泥桶上边，自己却被冻得直打哆嗦。

刘振福当押运员每天都有 3 角钱的出差费，当时讲究"包干使用，节约归己"，但刘振福每次押运回来都要把节约的出差费主动交还给会计。

当时他本人觉得无所谓，可会计却为难了，退回来的钱怎么进账呢？会计就去请求科长，科长也没法，只好对会计说："还是尽量劝他拿回去吧。"

有一段时间，船多任务重，押运员不够用。那天，刘振福上午刚回来，领导实在找不到人了，因此想找他征求一下意见。他二话没说，当晚就押着新的船队起程了。甚至有时领导不说，刘振福发现别的押运员有困难，他就主动帮助别人顶岗起航。

1950 年 9 月，颜绍贵参加民工队来到成渝铁路工地，他跟工友们负责打眼放炮。

颜绍贵他们开始打炮眼，按传统方法，两个人一小组，一个人掌钎，一个人抡起八磅锤，一锤一锤地打。用这个古老的方法，当时在页岩上两个人一天能打炮眼 8 米左右，但很消耗体力。

颜绍贵想：要是用一根比较长的炮钎，利用炮钎本身的重量，由一个人来冲钎，是不是能使工效提高一些呢？

颜绍贵先自己来试验，经过在同样一个工地上实践，用冲钎的办法创造了一天能冲炮眼 24 米的纪录。这样不仅节省了人力，减少了钢钎、八磅锤的消耗，而且避免

了两个人打炮钎有时打伤人的危险。

颜绍贵创造出单人冲钎法之后，上面派他到各民工队去推广示范。他不顾疲劳，耐心地向大家传授技术，使这一先进操作方法很快在全线得到推广，使全线都加快了施工进度。

1950年10月，张凤君从济南铁路局来到了重庆。来重庆前，张凤君在济南铁路局开火车。

在来重庆之前，张凤君面临着两个选择：一个是志愿参加抗美援朝战争；一个是支援西南建设。张凤君因为已经结婚，而且有了孩子，是没有资格去朝鲜的，所以就选择了来西南建设成渝铁路。

张凤君出发前，领导特别叮嘱他："锅、碗、瓢、盆，什么都不要带。"

张凤君他们暗自以为：到底是去天府之国，条件一定错不了。

但他却没想到，到重庆后，先在铜罐驿住了一段时间，后来又到了永川、隆昌等地，随着铁路延伸，不断改变地方。无论生活条件还是工作环境，都特别艰苦。但他们很快适应了环境，以苦为荣，为成渝铁路的通车贡献了自己应有的力量。

1950年11月，萧光瀚在人民政府组织民工筑路队修筑成渝铁路时，主动报名参加了。

萧光瀚在开始去的时候，还是打算在农闲的时候去修路挣点钱，到农忙的时候再回来种田。就这样，开始时，萧光瀚工作表现很一般，而且有时他还和指导员顶嘴。

指导员对萧光瀚说："四川人民 40 多年没有实现的愿望，现在要由我们这一代人来实现，任务是很光荣而伟大的。"

萧光瀚把现在的生活、地位和过去的时候一对比，觉得应该好好干，更要为四川人民造福。

萧光瀚在造炮钎工作中发现，过去的炮钎完全一样，都是扁扁的一字形，他就想：针对不同的石质硬度情况，能不能把炮钎头造成鸡冠形状或者其他不同的形状呢？这样是不是可以提高工效呢？

萧光瀚先造出鸡冠形状的炮钎拿到工地上试用，当时成渝线上大都是页岩，工效确实明显提高了。

萧光瀚的经验在全线推广后，各单位都根据石质的不同情况，摸索出不同形状的钎头，大大推动了整个工程进展速度。

1951 年 3 月，谢家全正和工友们奋战在成渝铁路最艰苦的炸山施工工程中。

谢家全在放炮的时候，他总觉得爆炸的响声虽然大，但炸下来的石头却很碎，而且飞得很远，这样其实炸的石头并不多，工效也不高。

谢家全当时就考虑：这到底是什么道理呢？

过了一段时间，谢家全发现，有时不响的炮，炸下来的石头比响声大的炮反而更多些，这时他就推想：现在是用铁引针安上人工裹的引线，引线从上面燃到下面，炸药也是从上边燃到下边，可能只燃到一部分就爆炸了，这样炸药就不能全部发挥作用，所以工效不高，而且炸药也浪费了。

后来，谢家全和小组的工友们一道做了试验，用一根小竹管把引线夹在里边，装在炮眼里，这样引线从上往下燃，要一直燃到底部，才能把炸药引爆。因为爆炸是从底部开始的，全部炸药就都能发挥作用了。

谢家全因此试验出了"压引线放炮法"，炮声小，炸下来的石块大，工效高。而且，以前要装0.4公斤炸药才能炸下来的石头，现在只装0.15公斤左右就足够了。

谢家全经过多次试验，证明这确实是个好办法。

谢家全和小组创造的"压引线放炮法"虽然只是一个小发明，但全线推广以后却起了很大的作用，对加速成渝铁路的建设无疑起了重要作用。

自修筑成渝铁路开工以来，人们时常看见苏联专家在沿线工地上辛勤工作。这些苏联专家常常在刚下飞机或者是刚从汽车或火车上走下来，顾不上休息，就跑到工地上去。

苏联专家们有的钻到涵洞里去查看积水，有的拿了小榔头爬到桥下去检验，有的熬更守夜和中国工程师研究图样。他们总是从实际调查研究中来决定怎样帮助大家把苏联的先进经验灵活地运用到现实中去。

苏联专家们对成渝铁路的帮助是多方面的。他们用苏联一系列的先进经验来解决从修筑路基、架桥、开隧道、铺轨一直到通车后的养路等工程中的问题，从而保证了整个施工的质量。

人民政府要求把成渝铁路修筑得非常坚固，苏联专家们就根据这个原则进行设计和施工。成渝铁路沿线多风化石，按一般填土方法来修筑路基是很不坚实的，并且至少要在一年后让路基在雨季中自然下沉了才能铺轨通车。

苏联专家扎刚达耶夫就建议采用"分层填土打夯法"，即每填3厘米土就打夯一次作为一层，这样筑成的路基很稳固，又可以立刻铺轨通车。

四川盆地雨水特别多，苏联专家西林就提出"水是铁路的敌人"的警语，设法防水。因为他的建议，隧道、桥梁、铁桥除外都加铺了防水层，涵洞的口径比旧的涵洞标准放大了一倍，路基两旁的边沟也加深了。

苏联专家西林还细心研究了中国石砌拱桥的优点，认为既节约又比较坚固，就主张发扬我国固有建筑的长处，把小桥尽量做成石拱桥。通车后的事实证明，石拱桥一点没有影响到行车安全。

因此，铁路职工常说：成渝铁路是中苏两国友谊的结晶之一。

1951年5月，筑路大军把铁路修到了隆昌。隆昌县地处四川盆地南部腹地，自古就有"北接秦陇、南通滇海、西驰叙马、东达荆襄，以弹丸而当六路之冲，扼川南而通四面八方"之说，号称"川东第一县"，是四川、云南、贵州交界处的重要物资集散地。

人们在县碑上看到一段介绍隆昌的历史：

古为隆桥驿，明隆庆元年（1567 年）置县，析荣昌富顺二县及泸州地属之。因地履唐代昌州，又属明初荣昌县，并于明隆庆时于唐隆越县地置县故名隆昌。

修建隆昌至内江段

1951 年 8 月开始，筑路大军修建成渝铁路隆昌至内江段。

从建路一开始，成千上万的指战员请求参加修筑铁路工作。但是，他们在实际工作中感到困难仍是很多的，如料具不足、技术生疏等等。

记得工人们第一次放炮开山的时候，不懂得根据山坡的斜度及石质的坚松打一定深度的炮眼，急于求成，把炮眼打成 1.5 米深，炸不开，浪费了人力物力。

没有拿过铁锤的人打炮眼时，铁锤不是打在扶钢钎的人手上，就是打到腿上。

参加筑路的军工都保持着人民解放军一贯的光荣传统，不怕横在面前的任何困难，正确地执行邓小平克服困难的指示：

努力决定一切，技术决定一切，团结决定一切。

贺龙在铁路施工过程中多次到工地视察，他对战士们说：

当工兵就是要吃苦，不吃苦还算得什么工兵！还有什么光荣！爬雪山过草地苦不苦？当然苦，吃苦是我们的老传统。新中国建立了，可还很穷，需要我们一辈子、两辈子艰苦奋斗！

不管是酷暑和淫雨，官兵们始终保持着饱满的劳动情绪，精心钻研技术与改进技术。

炮眼打不准确时，大家互相鼓励着："多打几次就行了。"五中队六班长唐煌为学会打炮眼，酷暑天中午不休息，找块石头在路上练习。

他们还积极请教工程师、石工，开"诸葛亮会"，学习与交流经验，提高技术。

筑路部队的战士们把施工命令当成战斗任务一样来完成，一般的都提前完成了任务。军工四总队二支队创造了52天完成4个月任务的成绩，使工程师都不能不由衷钦佩。

在战场上"攻无不克，战无不胜"的英雄们，在修筑铁路上也表现了同样高贵的品质。

当地人民更是大力支持修建成渝铁路，那时候，他们报名上工地谁也不计报酬。

还有好多老大娘、小姑娘往工地上送鸡蛋、送茶水。上不了工地的老乡就自动组成护路队。

川南某县有一个姓周的老汉，为了支援修建成渝铁路，他把自己培植了一生准备留作寿木的树砍了下来，亲自送给铁路局的验收人员。

很多县的地方领导在成渝铁路修建开始时，认为分配给自己的任务大，但在农民发动起来以后，他们却一而再地要求追加任务了。

荣昌县原定任务是3.8万根，一个半月完成，结果20天就全部送齐了。合江县原定任务是2万根，后自动增加到4.3万根。巴县在完成原定任务后，又额外增送1.5万根。这些枕木质量极好，很多都是楠木和香樟，最次的也是松木、柏木。

当某些地区因山洪暴发将枕木冲到江里去时，沿江的农民自动跳到江里将枕木捞起来送回原地，原来的枕木一根也没有少。

这年春节，民工打破了历年的习俗，自动发起"春节不回家"活动。那些原定正月结婚的农民，也提出"不见火车通车不回家"。

就连8年未讲过一句话的哑巴刁绍周也开了口，他说："不完成任务我决不回家。"

刁绍周是永川县的一个农民，8年前因为躲壮丁把自己的舌头咬断，成了哑巴。后来虽然慢慢痊愈可以讲话了，但他仍装聋作哑，一直没有讲过话。

解放后，刁绍周受到了政府一连串的照顾，在筑路队里他又亲眼看见解放军的指战员领头修路，人民政府的干部亲自带领民工开山挖土，他深受感动。

在一次小组会上，刁绍周突然发言说："不完成任务我决不回家，如今的世界翻了底，我们苦命的人今天也敢讲话了。"

每天早上天刚发白，工人们就起床了。晚上大家都自觉留下来加班。没有鞋子，就打光脚；没有工具，就手工凿石头开隧道。50多公斤的担子挑起就跑，好像有使不完的力气。

1951年10月的一天，筑路大军修建成渝铁路上内江附近的沱江大桥。

这一天雨后初晴，人们的视线特别通透。大家可以看到，沱江从城区南行而来，流经三元山左侧，不知道在哪里转了一个弯，又在三元山的右边淌过，仍然穿过内江城。

人们站在山头左望右望，只见那驶离内江和返回内江的船只络绎不绝，呈现出千帆竞发的场面。

架桥前，为了修高一、二、三孔桥墩，工人们在火红的太阳下工作，有的工人手和脚被桥墩上露出的钢筋碰伤了，但他们毫不在乎，仍然干劲十足。

有个姓杨的老工人想出了一个好办法，用绞送器材到高处去的木架来绞送材料到桥墩上去，比原来送器材的绞车效率提高了4倍。

成渝铁路沱江大桥位于内江市椑木镇，根据早期设计，它将是成渝铁路最长的一座钢梁大桥。沱江大桥由7组钢梁组成，长370.83米，桥下是长江的支流沱江。

他们修建桥梁涵洞，采取了苏联专家的建议，铺设了防水层，不致受雨水侵蚀，延长了桥涵的使用年限。

修建沱江大桥时，苏联专家根据苏联经济建设的原则，特别注意节约。西南缺乏钢料，如果成渝铁路完全架设钢桥是很困难的。

在架设沱江大铁桥时，苏联专家吉赫诺夫发现中国工程师用工字铁垫在钢梁下面拖拉钢梁上桥墩，他立刻制止说："工字铁一压就会弯曲，而且要从外国进口，工程师应该处处为国家节约。"

开始，固执的工程师不接受他的意见，结果工字铁真的被压弯了而钢梁仍旧拖不上去，这时他们终于心悦诚服地接受了苏联专家的意见，改用了别的办法。

1951年11月30日，成渝铁路沱江大桥建成。

西南军政委员会交通部部长、中央铁道部西南铁路工程局局长赵健民，西南军政委员会副主席熊克武，西南军政委员会副主席刘文辉等到大桥检查工作，表扬了筑路建桥的工人和技术人员。

筑路大军修筑成渝铁路工程中，他们一直吸取了苏联的先进经验，采用了苏联的路基分层填土打夯方法，不仅免去石砟浪费，而且使工程坚固，将来不致返工或塌方，保证了行车的安全。

铁道部总结成渝铁路修筑的经验时指出：

> 成渝路整个修筑过程，证明了一条很重要的道理，就是技术必须服务于政治，过去单纯

的技术观点是行不通的。在成渝路的修筑工程中，由于政治领导了技术，就打破了一切陈腐的保守思想，发挥了群众的智慧和力量，采用了群众的合理化建议，学习了苏联先进经验，使工程达到了较好的要求。

1951年12月，成渝铁路铺轨到内江。

1952年1月15日，修筑成渝铁路的全体10万民工，在新年上书毛泽东，报告他们一年多来筑路的成绩。

民工们在信中说：

> 我们成渝铁路10万筑路民工，已经在1951年年底，胜利地完成了将近全部的路基工程，值此新年之际，我们愿把这个成绩作为对您的献礼。

民工们在信中叙述了他们为响应人民政府号召从四川各地农村来到工地筑路的情形。他们说：

> 成渝铁路沿线原来都是山丘和深沟，但是，一年来，我们这些使惯了镰刀和犁头的庄稼人，已经把它修成了一条平坦大道。我们普遍地受到了爱国主义的教育，开展了比工程、比工效、比安全、比节约、比进步的"五比运动"。我们

也就逐渐熟悉了技术，并从散漫无组织状态进步到团结互助，遵守纪律了。在任何困难条件下我们都没有低过头。山被腰斩了，沟被填平了，困难都被克服了。

信中还说：

一年多来，我们还在"学习志愿军克服困难的精神"的口号下，展开钻研技术、改进工具的运动，创造和改进了几百种工具和工作方法，使工作效率从每人每日只能做0.8的标准工提高到1.8的标准工，使我们把路基修筑得又快又好，还为国家节省了百亿元以上的财富。

信中向毛泽东报告他们的生活情况说：

一年多来，我们很少有人生过病，从前面黄肌瘦的人现在也都变得结实了，过去穿着拖一块吊一片的破旧衣服的人也都穿上里外三新的棉衣了。一般人都有了几十万元以上的储蓄，在返乡前大家都购置了农具和耕畜。筑路期中，我们家里也受到了优待，互助组帮助耕种，逢年过节时左邻右舍还登门慰问。年节里，附近农民兄弟牵羊挑酒来工地和我们联欢。他们说：

"赶快修好铁路,将来好运几架机器来庄上耕田。"这些照顾和话语,更使我们了解到:我们是在为大家修筑一条通往幸福乐园去的铁路啊!

信的最后说:

现在,除川西的民工还有一部分工程需要继续完成,有8000人经西南铁路工程局批准已留作正式铁路工人外,我们大都返乡搞农业生产去了。我们已经约定,不管是在哪里工作,都要坚决执行您的指示,增加生产,厉行节约,支援人民志愿军。留在铁路工作的要争取当工业劳动模范,回到农村的要争取当农业劳动模范。

修建内江至资中段

1950 年 6 月至 10 月底，军工四总队担任资中银山镇至资阳马草湾段的修筑任务。

军工四总队原定工期为 4 个月，需标准工 60 万个，经过他们的艰苦奋战，只用了 52 天就全部完成了任务，并超额 5 万多标准工。

1950 年 6 月 12 日，中铁二局成立。老红军、原十七军军长兼政委赵健民任局长、局党委书记；老红军王直哲任副书记、局政治部主任兼局团委书记；老红军赵淘任局工会筹备处主任；老红军黄新义任成都工程处政委；老红军毛定原任成都工程处处长；老红军刘文学、陈正洪分别任内江和油溪工务总段政委。

其他师、团级老红军分别任局机关各部、处、室负责人，如老红军孙敬民任公安处长，老红军周凯任总务处副处长。

这个以老红军战士为主的领导班子，带领数十万大军响应党中央的号召，修建成渝铁路，实现了四川人民多年的愿望。他们在成渝铁路建设中，以老红军战士的人格魅力，成竹在胸，镇定指挥。

中铁二局党委针对当时采取"就地取材，以石代钢"的战略，大量采用石头安砌隧道和桥墩。为解决成都工程处管辖的成都、简阳、资阳、资中4个工务总段缺乏石工的问题，中铁二局党委决定在川西、川北等地招募石工，当时就招募到8000名石工到铁路工地开采石料、安砌隧道和桥涵。

中铁二局党委的这个决定，既保证了工程质量和工期，又解决了8000名石工的就业问题。这批石工后来成为中铁二局"大唱石头戏"的能工巧匠，为成渝铁路建成通车立了大功。

1950年8月1日建军节，西南军政大学川西分校三大队六队吃过早饭，整装出发。他们背包上面别一双胶鞋，左挎水壶，右挎帆布包，离开新都经成都向资中挺进。

队员们行至驷马桥，突然大雨滂沱，但他们依然精神抖擞，冒雨前行，当晚宿营大面铺。他们的背包湿透了，脚上打起了血泡，第二天在龙泉驿的山顶上才晒干了被子。

伙食委员王晓希和炊事班在一起，他们早饭后就先走一步，前去准备午饭和开水，待部队到达后，王晓希他们就又赶快上路，找好宿营地准备晚饭，让人们一到宿营地就有饭吃有水喝。所以炊事班的人要更辛苦。

经过5天行军，队伍到达了资中县银山镇。大队部驻在镇东头一个大院内，六队在一所学校里，背靠沱江。

炊事班用水要到江边去担，炊事员忙不过来时队员们都去帮着担水。因为天很热，晚饭后会游泳的队员就到江里洗澡。

六队的副指导员看到大家洗得热闹，也一下子跳到江里。但因为他个儿矮、瘦小，大家知道他不会水，赶快把他救起来，但他已喝了几口水，晚上还挨了批评。

其实，副指导员还是打太原擒拿阎锡山城防司令王靖国的"孤胆英雄"哩！

全队到工地上以班分段，按段施工，工地是在半山腰，下面是成渝公路，公路另一侧下临沱江。

全队开始是挖土方，土层去掉以后就是石头了。于是开始打炮眼抢二锤，打炮眼的时候要浇水，石浆成稀泥形状的时候再用挖子挖出，再浇水打。一人抢锤一人转钎。打到一定的深度时，就装药、放炮，将石头炸出裂缝，再用钢钎插在缝里把石块撬下去。

放炮时原来的工兵负责填药、点火。全队统一时间，统一吹号。每天收工前要将滚在路上的石头清除干净，保持来往汽车能通行。规定每个标准工每天要完成一立方米，而他们却平均完成了三立方米。

此外，队员们也把宣传鼓动工作带到了现场，工间休息时各种小型娱乐活动就开始了，如快板、歌唱、山东快书、秧歌等。

大家最感兴趣的是其中最出色的真人真事的现编现唱：

打竹板，响连天，我表一表这个好青年，

掌钎打破手，血流像根线，他既不叫疼也不喊，

继续掌钎接着干。大家向他来学习，希望他，

再接再厉永向前，永向前！

大家都以高昂的热情投入施工战斗。手上都打起了水泡、血泡，每天累得腰酸背痛，躺下去就不想再起来，但是大家心情非常愉快。

当时一些民工劳动积极性比较差，一般安排是挖土方，每天连一个标准工都做不够，三大队就抽调一些人员到民工队担任队长、分队长。他们人人都去做思想工作，并在实际劳动中带头苦干实干，带动了民工，并不断提高劳动效率，胜利地完成了筑路任务。

队员杨长荫在放炮的时候，一个大的石片落在他的头顶。当时外表并没流血，但过了一会儿，他的眼睛以上就又青又肿了，大家赶紧把杨长荫送到医院，但他最终还是离世了。

大家把杨长荫埋在了山上，墓碑正对着铁路。大家都悲伤地说："让他能感到火车运行中地下的震动，使亡灵得到安慰。"

董桂森这时却开始发疟疾，当时他在大队部技术室工作，是工兵出身，黄埔军校少将总队长，主要是按技术要求指导筑路工程。

军医没有仔细查症，给董桂森按重感冒治疗，可是仅仅过了一夜，第二天早晨董桂森的心脏就停止了跳动。

董桂森的爱人来到银山镇把他的遗体运回了成都。

杨长荫和董桂森为了成渝铁路的修建献出了自己宝贵的生命。

1952 年，筑路工程行进到资阳市，修建位于忠义镇内的成渝铁路王二溪桥。

大家根据苏联专家西林细心研究中国石砌拱桥的优点的经验，认为石拱桥既节约又比较坚固，还可以发扬我国固有建筑的长处，经商讨后决定，把王二溪桥尽量做成石拱桥。

但由于王二溪桥比较长，如果单纯用石拱可能不太现实，于是大家决定将它建成为一座石拱与钢筋混凝土的混合体桥。

建成后，王二溪桥是一座由双孔联拱组成的混合拱桥，全长 316 米。首末两孔和中间第八至十四孔系石拱，其余均为钢筋混凝土拱。桥身有优美的曲线，并有 7% 的坡度，连波叠翠、回旋多姿，颇具民族风格。

王二溪桥是当时全国最长的铁路石拱桥。

当王二溪桥正在修建时，资中工务段十九分段正在资中县归德乡的凉风坳隧道施工。

大家看到，凉风坳山坡上散居着几户人家，屋前桃李三两株，翠竹环绕；屋后参差地生长着青松、柏树，一片葱茏。大家都赞叹这真是一片恬静优美的田园景色。

成渝铁路施工工程到了这里，"轰隆！轰隆"的开山炮声打破了这里的宁静。

隧道设在直线上，从进洞口看过去，那边有簸箕大的一个圆洞，洞门上有"凉风坳隧道"5个大字在阳光照耀下光艳夺目。洞门后边是一条截水沟，旁边是两条泄水沟。

按施工设计，泄水孔的两个石槽伸出洞门口几厘米就行了。但是，大字不识几个的王正林，偏要自作主张，改变图纸。

王正林60来岁，皮肤黝黑，额头上的皱纹又深又长，头上常年不离一条白布头巾。这头巾两用，平时用来擦汗，干活时拴在腰上，还能当腰带。

王正林一边比画着一边说："山这边洞口砌个龙头，那边洞口砌个龙尾。泄水孔就是龙嘴。"

"为啥？"大家都睁大了双眼奇怪地看着王正林。

王正林神气地说："不为啥！咋的，一条铁龙修起来了，我要修两条石龙留作纪念，这也不行？"

王正林手艺好，为人重信义，干活讲质量，料石打来如果不合格，他就要求作废重来。他看见谁偷工减料，不但张口就骂，并且上去两锤敲个稀烂，让人家从头再来。

班长熊运高对王正林说修石龙的事，开始不太在意，月末发工资的时候，却发现王正林的工资比平时少了一大半。当时工人是计件工资，工资是发大米，开一立方米石头不过5公斤多米，一个人一个月的工资除了一个人的生活费用，剩下的就不多了。

王正林的钱全花在他的石龙上去了。

熊运高对王正林说："算了，算了，我的王老师傅，你打你的龙，我同意。但是有一条，那要算全班的义务，大家都留纪念，不能少开你的工资。"

这也是熊运高和大家早就商量好的。大家这个说"好"，那个说"赞成"，都对王正林说："要留纪念大家留，你要想单干那可不行。"

在大家一片笑声中，这个主意少数服从了多数，民主通过了。

凉风坳隧道出了两条龙的事，就像通过无线电波向全线发了一条重要新闻一样，很快就传开了，前来凉风坳隧道参观的人络绎不绝。大家看了，都感到惊讶，随后表示赞叹，连说佩服。

王正林叼着个旱烟袋，笑眯眯地看着，什么话也不说。

龙做好了，正当小伙子们兴高采烈地要动手去安装的时候，却被王正林拦住了。

王正林严肃地说："这不能随便来，安龙有个老规矩，不说择良辰吉日，也得把段上的工程师和邻近的兄弟班请来，至少也要热热闹闹地庆祝一番。"

小伙子们更来劲了："要不要挂红、放鞭炮？"

王正林理直气壮地说："要！又咋的？我爷爷修过这条路，我爹修过这条路，都没看到通车。我就是要放鞭炮给他们报个喜，也代表他们留个纪念。"

熊运高眼珠一转，计上心来，他说："我去请段上的周丕烈写几个字刻在上边，你们说好不好？要说行，就这么定了，至于请客的事，就由我来操办好了。"

正当大家大发议论准备热闹一番的时候，突然传来一阵喧哗声。大家赶快去看，原来石龙的龙须被一个围观的老头用铜烟袋杆给敲断了。

人们一阵惊呼："一烟杆杀了一条龙！"

小伙子们不干了，他们围着"凶手"咆哮起来："你这老头才怪呢，你看就看呗，动手干什么？""你以为这只是一条石龙吗？不全是，这是王师傅的心，也是我们的心，你懂吗？"

周围的人更是指责、叫嚷，直叫那老头赔偿损失。还有人说："他赔得起吗？这是'工艺品'，再说，时间还赶得上吗？老人家你真是胡闹！"

但是，那个"杀龙凶手"却不顾众人的指责怒骂，他一袋接着一袋抽烟，并不惊慌。看上去他的年纪和王正林差不多，穿一件青布长袍，头发花白，瘦高个儿，嘴上有一撮胡子，斯斯文文的。

过了一会儿，那老人家对大家说："各位老哥，我这里向王大哥赔个不是，这事的分量有多重我知道。听说过吧，昆明西山有个龙门，在滇池旁边的悬崖绝壁上，一位老石工花了几十年工夫，镌刻了许多形态各异、优美动人的石刻神像。最后，在刻'文曲星'手上的一支笔时，没掌握好，一钻子下去，嘎哒，石笔断了！这老石工一气之下，竟从悬崖上跳下了滇池。石刻，读书人说是艺术，那位老石工把艺术当成生命。打断了一支笔，他连命都不要了，今天我毁了龙须，这不要了王师傅的命？好在我们那里也有个手艺人，这龙我带回去，请他照样子打一个，不一定有王师傅的手艺好，我们尽量打个和原物差不多的。大家看咋样？请放心，只要十天半月，绝不会误了庆祝通车就是了。"

小伙子们听了，又冲那老人嚷了起来："又不是吹糖人，你们打得出这样好的龙来吗？""你们打出来的龙能配上对吗？"

那老人并不答话，他把长袍脱了下来，裹起被他打坏的石龙，扛在肩上，然后对王正林说："王师傅，一言为定！"

那老人背着石龙走了，人群也散去了，只剩王正林守着另一个没了伴的石龙呆呆地留在工地上，又是惋惜又抱着一线希望。

过了 10 来天，那个老人真的把新打的石龙给送来了。

年轻人爱凑热闹，大家又围拢过来，前前后后，看来看去，确实挑不出什么差错，他们都说："还真和原来的不相上下哩。"

那个老人这时却不言不语，站在那里只顾抽着自己的烟。大家又围着他，急切地问他："你是找哪个师傅打的？他尊姓大名？"

王正林看了好大一会儿，不由得赞道："好手艺，好手艺！安装的时候一定要请那位师傅来见见。"

那个老人说："不用了，他让我代表了。你们为了啥？不是为了庆祝通车留个纪念。他为了啥？正好趁这次出事的机会，也借你们这块宝地留个纪念。"

石龙安装盛会举行了。鞭炮齐鸣，掌声雷动！凉风坳沸腾了，欢乐的海洋，笑语的世界。修路的石工们、来宾们都赶来了。

这时，那个老人忽然在洞门上出现了，他提上去两桶水，像个大会司仪一样，高声呼喊："龙泉水来了！"接着，人们看见两股喷泉从龙嘴里奔流直下，人群中又是一阵掌声，一片欢腾！

龙泉水喷完了，可王正林脸上的笑容却不见了。原来细心的王正林有了个新发现：在两条龙喷水的时候，他打的那条龙嘴里的宝珠不转，而那老人送来的那条龙嘴里的宝珠是镂空了的，水一冲直转。

王正林心里闪过了一个火花，忽然亮堂起来："可能就是他，不错，就是他。是他看出了我的破绽，有意重新另打了一条龙送来的。"

当庆祝会开完，王正林四处寻找这位不知名的"名师"时，他已经不辞而别，不知所踪了。

虽然洞口砌龙头的做法带有迷信色彩，但也代表了普通百姓的朴实心愿。

1952 年 3 月 6 日，西南铁路工程局工会筹备处写信给成渝铁路全线职工，号召筑路工人要保证"七一"全线通车，要求各级工会组织立即发动职工，组织全体工人职员订出生产计划，提出增产节约的具体措施，向各区铁路工人及各产业工人发出挑战。

工会筹备处在信中具体提出了5点意见：

一、思想动员：各级工会领导干部应从政治上启发全体职工，认识成渝铁路通车与西南人民的经济关系。

二、结合"三反"运动，开展爱国主义劳动竞赛，产生先进的个人和小组。

三、工会与行政订集体合同或单位间互相提出保证订立联系合同。

四、在保证质量好、速度快、无伤亡、情绪高、不浪费的条件下互相挑战，保证完成任务。

五、加强劳动保护工作，充分发动群众，防止事故，做到"安全生产"。

1952年6月，工会筹备处会同有关部门，组成了安全卫生检查工作队。他们在成渝铁路沿线，用流动放映幻灯片、图片展览和座谈会的形式，宣传和检查安全卫生工作。

沿成渝铁路，筑路的官兵和民工们随处可以听到当地居民从心里唱出的一支歌：

　　　　成渝铁路跑火车，人人欢笑喜连天。
　　　　娃儿扭起秧歌舞，老婆婆望着笑颜开。
　　　　四十多年的相思已如愿，人民的江山万
万年！

共和国故事·大道通天

修建资阳至成都段

自 1951 年初，刚刚解放的成都市民及附近乡村的农民就以满腔热情投入成渝铁路资阳至成都一段的建设中。

在莲花山，民工们把莲花山 90 米高的山峰削去了半截，筑成了路基。有几个老年人根本不相信有这回事，特地到莲花山来看看。当他们看到莲花山果真被削去了半截时，都惊讶地说："这些修路的人一定都是铁打的。"

在成渝铁路建设沿线，不断有古生物化石出现，特别是在资阳莲花山段，就有 65 件之多。

当地及时送交了上级有关部门，川西行署和博物馆报告到西南军政委员会。

西南军政委员会为了宣传文物保护法令，加强对成渝铁路建设沿线的文物保护，便向成渝铁路沿线发了一个布告，要求沿线的党政军民都要保护好地面和地下的文物化石。

后来，邓小平亲自指派重庆大学教授张圣奘，要他出任团长，带人去现场考古，并对成渝铁路沿线文物进行一次普查。

张圣奘教授一行 10 多人来到资阳，这里独特的地表结构和丰富的出土化石引起了他的高度重视。张圣奘决定对资阳进行重点考察。

张圣奘通过近一个月艰苦细致的工作，1951年3月9日，在成渝铁路资阳城西段九曲河大桥工地泥泞的地基坑里出土了一个古人类头骨的化石。

张圣奘立即将喜讯电告邓小平。根据多年的考古经验，他认为，这个化石很可能在全世界都具有非同寻常的意义。

邓小平当即回电张圣奘以示嘉奖，并将这一情况上报政务院。

当时的中科院院长郭沫若得知这一消息，要求西南军政委员会立即派专人将化石送到北京鉴定。

其间，川西博物馆馆长谢无量，四川大学徐中舒、冯汉骥教授电贺张圣奘。

古人类头骨化石送北京后，郭沫若将鉴定和研究工作交给了世界级专家、古脊椎动物研究所所长裴文中教授主持。

同年9月，裴文中教授亲自来到四川，对头骨化石发掘原址进行全面考察，并在两旁挖掘两坑，进行补充发掘。

历时33天，考察队又发现了东方剑齿象、犀牛、猪獾、箭猪、水鹿、马、鱼、龟及乌木等化石，还有一件世界上独一无二的骨椎，为研究头骨化石提供了极为丰富的旁证资料。

参加考察队的有张圣奘、任朝凤、晏学、蔡佑芬、李伯皋、徐鹏章、何九恩等。

经过认真的考证和研究，郭沫若和另外几位学者一致认为："资阳人"是我国唯一早期真人类型，属旧石器时代晚期的人类化石，距今已有 3.5 万多年的历史，是继周口店"北京猿人"和"山顶洞人"之后考古学上的又一重大发现。

"资阳人"出土的消息很快轰动了全世界，功不可没的张圣奘教授从心底里感激邓小平。

邓小平是张圣奘在法国就已经结识的老朋友，他担心筑路的多是部队战士和民工，不认识文物古迹，所以亲自登门邀请张圣奘主持整个成渝铁路沿线的考古工作。

当张圣奘在九曲河发现了化石的蛛丝马迹，却得不到其他同志支持的时候，是邓小平发来急电对他表示支持。

邓小平怕张圣奘身体不好、太过劳累，他还让随行人员专门为张圣奘准备了一乘滑竿。

邓小平用自己对家乡的深情，对国家发展的远见卓识和对知识分子的尊重，感动、感染了每一名参与成渝铁路修筑工程的人。

著名专家刘家熙谢绝了美国公司聘请，赶回国担任成渝铁路全面技术领导。他说："过去我们报国有心却请缨无门，现在有了这个机会，还能不用在为国家富强而奋斗上吗？"

1952 年 4 月，正是成渝铁路建设的关键时期，而这一年，长江却遭遇了 30 年来未有的特殊干枯水位。一时间，修筑成渝铁路急需的大量钢坯在湖北宜昌码头堆积如山，急切等待运输。

为了完成运输任务，以全国劳动模范、新中国第一代船长莫家瑞为代表的长江航运局员工，在有着"天险"之称的600多公里的四川长江河段，成功地首开了船舶夜航的先河，并实现了从宜昌到重庆航行时间由4天缩短为3天的历史创举。

莫家瑞的船队及时为成渝铁路运送钢坯、桥梁器材等31万余吨，运送蒸汽机车、客货车377辆。他们有力地支援了成渝铁路的建设，保证了成渝铁路顺利通车。

船队由于成绩突出，被工程局评为集体模范，并受到西南铁路工程委员会和长江航运局的共同表彰。

与此同时，在铁路上担负着运送钢轨、枕木任务的44包乘组，一直活跃在铁路工程的最前线。

这个包乘组的火车头工人，驾驶着一台超龄服役的蒸汽机车，来往于刚铺上轨的铁路前沿，犹如奔跑在坎坷不平的山地上。

这台机车经常发生故障，一会儿水箱坏了，机车就会"干渴"；一会儿油管又漏油，机车就会因为"饥饿"而跑不动了。

可是，火车头工人却说："不怕机车老，只要保养好，一样能多拉，一样能快跑。"

他们还在工程车的后面拖挂了一节宿营车，分三班轮流作战，一班开动火车头，一班负责检修，一班在宿营车休息、睡觉。他们就这样日日夜夜奔驰在时间的前面，还常常超负荷多拉快跑。

一天傍晚，司机长张家梁刚送完钢轨回宿营车。他手里拿着一个从内江寄来的包裹，从包裹显示出的轮廓，大家都能看出是几双布鞋。

大家都围过来，打开包裹，拿出新布鞋便连声称赞。有的夸"鞋底扎得好密实哟"！有的喊"鞋面还是青哔叽的"。

突然有人喊了一声："看，这布鞋上还有名字哪！是程培德的名字。"

司机程培德拿着新布鞋，看着他的名字，眉开眼笑。他的心事解决了，以后的几天，他干起活来也格外带劲。

原来，程培德在内江时，经同事介绍，认识了一个姑娘杨云芳。双方都有意，可是工程任务紧，流动性又大，哪有闲工夫来谈个人私事啊！

程培德就向杨云芳提出了三个问题："第一，我今年34岁，你才24岁，不嫌我大吗？第二，我是靠劳动吃饭的人，没有存多少钱，你愿意吗？第三，要等火车通到成都，我们才结婚，你愿意等吗？"

杨云芳痛快地答应了这三个问题，尤其对火车通到成都才结婚她更高兴。

杨云芳邮寄到资中4双布鞋，就是送给程培德和他的同伴的。这鞋代表了以杨云芳为首的四川人民修成渝铁路的热情，同时还寄予着杨云芳更大的希望：火车快点通车到成都！

列车包乘组的宿营车拖到资阳停靠后，就意味着钢轨、枕木的运送已经朝着简阳方向延伸了。

钢轨刚铺好，线路不好走，行车速度比较慢，值班的火车头工人经常不能按时吃饭，有时一天才只能吃一顿。

这时，有的工人就提议："程培德的婚事定了，我们来喝个订婚酒，打顿牙祭好不好？"

工会小组长唐国华知道大家这是在找借口、出题目，实际是大家肚里缺油水了。唐国华笑着对大家说："杨云芳又不在，喝什么订婚酒啊！等火车通到成都后，喝个结婚酒，喜上加喜，大家喝个痛快。不过现在可以打个牙祭，迎接送钢轨铺隧道的任务，这事由组里伙食团负责筹办。"

在一个月色朦胧的夜晚，包乘组 9 个人，买了 5 公斤猪肉，5 公斤鲜鱼，再打上一些酒，围坐在草地上，边吃边聊，把酒菜吃了个精光。

1953 年 3 月 13 日，中国铁路工会西南区筹备处文工队正在柏树坳隧道工地准备演出，这时，突然有人发现工棚失火了。

当时是白天，工人们都出工不在家。

中国铁路工会西南区筹备处文教部王民科长和王浩副队长马上意识到，火警就是命令，他们带领文工队全体队员扑向火场。

大家到了那儿一看，一大排工棚都是草房，烈焰在房顶上蹿出三米多高，黑烟呛得人睁不开眼，竹子做的房架爆得像打机关枪一样，一大排房子马上要坍塌了！

这时，队员们一个个勇敢地爬上房顶，浇水的浇水，砍火墙的砍火墙，控制火势不让其扩大。大家一直忙碌到工地上的工人们闻讯返回，才合力扑灭了大火。

再看文工队员们一个个成了落水的灶王爷，大家你看看我，我看看你，乌黑的脸上露出了笑容，牙齿显得更白更亮了。

文工队救完火后，当晚又马不停蹄地行军至白庙子演出。

1952年4月，二十九师的一支施工队负责修筑成渝铁路简阳段的一处工程。因为长期降雨，山体突然出现滑坡，队里有两位战士躲闪不及，不幸遇难！

1952年5月，筑路部队来到柏树坳隧道施工。

柏树坳隧道是从简阳五凤溪到柏树坳的14条隧道中的最后一条，也是成渝铁路全线最长的一条隧道，它全长622米。

当时，打通柏树坳隧道就成了施工中最关键的工程。一旦将它打通，就意味着成渝铁路全线贯通。

5月15日，柏树坳附近已经聚集了一大群成都、重庆两地报社的记者、文艺团体的创作人员，气氛显得特别热烈。

隧道工人正热火朝天地开展红旗竞赛。风钻修理工首先挑战，提出保证在一个小时内修理好 25 台风钻；炮工们也不示弱，站出来应战，保证在一个小时内钻 23 个炮眼，还要达到平均每个炮眼一米深。

宣传鼓动工作把工地搞得热气腾腾，大红标语上写着：

柏树坳隧道最长，两头夹攻不寻常。

通车成都穿山过，不分日夜打洞忙。

东口的挖底工程，由每昼夜前进 2.5 米提高到 4 米；西口从每昼夜 4 米提高到 6 米。东、西口每昼夜要开挖 150 立方米石头，工程效率超过 200%，创造出隧道挖底工程的最高纪录。

西口隧道内，是白天中的黑夜，也是黑夜中的白天，隧道工人正在灯光的照耀下奋战。

一个中年妇女手执风镐，在灯光下随着钻杆颤动。原来，连隧道工人的家属也上前线了。

"听！"大家屏住气，竖起耳朵仔细听。

从东口那面隐隐传来钻探声。不错，听见了，是钻石头的声音。大家拿起风镐，朝着传声的方向，一个劲地朝前钻。

几个心急的小伙子抡起铁锤就敲打。很快，一个小孔露出来了，东口的灯光射进来了。

大家呼喊着："隧道打通了！""东口、西口连通了!"大家纷纷走出隧道,只听到四处都是轰隆隆的声响,但大家谁也分不清是洞内在点炸药,还是洞外在放鞭炮庆祝。

人们冒着还下个不停的雨,奔跑在滑溜溜的路基上,都在欢呼,都在跳跃!

消息传到成都,成都顿时变成了一片欢乐的海洋,全市 30 万群众一齐庆祝成渝铁路全线贯通。

每条大街的黑板报上都画着彩色的火车,写着:"幸福的火车开来了!"入夜,到处响起锣鼓声,城市上空回荡起欢乐的歌声。

1952 年 6 月 14 日,滕代远致电祝贺成渝铁路员工胜利完成全线铺轨工程。

1952 年 6 月 28 日,中华全国总工会为成渝铁路全线通车,致电成渝铁路全体职工祝贺。电文如下:

重庆中华全国总工会西南办事处转成渝铁路全体职工:

在纪念中国共产党成立三十一周年伟大节日的时候,举行庆祝成渝铁路全线通车典礼,是有重大意义的。成渝铁路的修建是四川人民数十年前曾流血牺牲而没有实现的,今天在人民自己掌握了政权之后,在中国共产党和毛主席英明领导之下,由于你们全体职工发挥了高度的劳动热忱,短短的两年时间内就全线通车了，这充分证明了新民主主义制度的优越性。
希望你们继续保持高度劳动热忱，为完成中华
全国总工会1952年6月28日新的任务而奋斗。

中华全国总工会
1952 年 6 月 28 日

四、 铁路通车与运营

- 毛泽东为成渝铁路通车亲笔题词：庆贺成渝铁路通车，继续努力修筑天成路。

- 周恩来为成渝铁路通车题词：修建铁路，巩固国防，发展经济，改善人民生活。

- 苏联专家奥尼士克夫说："成渝铁路是中苏两国友谊的结晶。"

成都举行铁路通车典礼

1952 年 7 月 1 日，成都至重庆 504 公里的铁路全线通车。

这是新中国成立以来第一条由自己设计，自己建造，材料零件全部为国产的铁路。当日，在重庆、成都两市同时举行了隆重的通车典礼。

党和国家领导人毛泽东、朱德、周恩来、刘伯承、邓小平等纷纷题词祝贺，成渝两地人民更是欢天喜地，热烈庆祝。

毛泽东为成渝铁路通车亲笔题词：

庆贺成渝铁路通车，继续努力修筑天成路。

周恩来为成渝铁路通车题词：

修建铁路，巩固国防，发展经济，改善人民生活。

西南军政委员会主席刘伯承，命令嘉奖西南铁路工程局两年修通成渝铁路，实现了四川人民 40 多年的愿望。他在嘉奖令中说：

全体职工在修筑成渝铁路工作中，积极努力，依靠广大群众，提前完成全线通车的任务，实现了毛主席与中央人民政府指示的建设规划，达成了西南人民40多年来殷切的期望，并在筑路进程中取得了经验，为今后西南铁路建设工作奠定了基础，对西南国防建设及经济建设有显著的贡献。务更加奋勉，迎接伟大的建设工作，特此嘉奖，希共努力。

7月1日一大早，时任中共中央西南局第一书记、西南军政委员会副主席、西南军区政委的邓小平就和老战友贺龙一起出现在成都火车站广场上。

邓小平和贺龙看起来比平日里更加神采奕奕，甚至有点难以抑制心里激动的情绪，因为这里马上就要举行成渝铁路通车典礼。

他们从主席台望过去，源源不断的人流正从四面八方涌过来，观看典礼的群众挤满了火车站四周。

成都人民今天为40多年心愿的全部实现而热情欢呼，30万人在北郊车站广场为庆祝中国共产党成立31周年和成渝铁路全线通车，举行了隆重的通车典礼。

很多人也和邓小平、贺龙一样，心中充满了喜悦。他们挥舞着自制的彩色小旗，高呼口号，唱起了为成渝铁路谱写的歌曲：

一唱那成渝路，有话从头说，四十多年来说修路，派款又拉夫，刮尽了人民的血汗钱，只见他们盖洋楼，"成渝路"不是"成渝路"，是反动政府的摇钱树……四唱那成渝路，通车到成都，四十多年希望实现了，鞭炮响连天，城乡交流有保证，工业更要大发展……

邓小平站起身来，提起笔，在早已准备好的白色宣纸上疾书下 10 个大字：

庆祝成渝铁路全线通车

不管是多年前离开家乡去法国勤工俭学，还是后来回国参加革命活动，邓小平始终没有忘记过父老乡亲对成渝铁路的魂牵梦萦，无数仁人志士为之抛洒的热血。如今终于能够为巴蜀人民圆梦，他觉得那块压在自己心上几十年的大石随着渐渐远去的列车也落了地。

7 月 1 日 8 时，西南军区司令员贺龙及四川省、成都市、铁路筑路总队的领导登上庆典主席台。随后，在群众雷鸣般的掌声中，贺龙剪落彩绸，打开了四川人民通往经济繁荣的道路。

贺龙在成都的庆祝大会上讲话。他说：

今天是中国共产党诞生 31 周年纪念的伟大节日，同时也是成渝铁路建筑成功及全线通车典礼的节日，这是有着非常重大的意义的。

成渝铁路是中华人民共和国成立后首先修筑起来的第一条铁路，也是在我国历史上空前出现的一条完全由人民自己修筑起来的铁路。成渝铁路在西南解放还不到三年的工夫，在如此困难条件下的胜利建成，表明了中国劳动人民在毛主席领导之下的巨大力量。它打破了民族自卑心理，因为既然我们在困难条件下能完成像成渝铁路、治淮、荆江分洪这样艰巨的工程，那么在各种条件已大大改善的今后，我们祖国建设事业必将突飞猛进。

贺龙接着说：

成渝铁路全线通车，不仅说明了新旧中国的不同，而更重要的还说明了中国工人阶级是继承了中国劳动人民的一切优良传统，具备着勤劳勇敢的高尚品质，在领导和参加祖国的各种建设上，已经表现了他们的伟大力量和卓越的才能。筑路工人同志在工作中不仅发挥了高度的爱国主义劳动热情，并在苏联专家的友谊帮助下，完全掌握了各种复杂的技术，战胜了一切困难，用自己的双手生产了筑路所需要的全部器材，从而在祖国的大地上出现了一条崭新的人民铁路。

贺龙向主席台下的群众看了一眼，最后说：

成渝铁路今天的全线通车，在我们西南来说是更加值得庆祝的一件大事情。因为它即将在我们的经济生活中引起重大的变化。城乡物资交流将更加流畅，和全国各地的联系将更加密切，它将带给我们经济上更大的繁荣及各种生产事业的迅速发展。再过几年，天成铁路通车以后，我们西南交通事业的面貌要更加大大改观了，历史上所一直没有解决的西南交通困难问题，就要在我们这一代，经过我们自己的努力，很快地解决了。让我们大家努力从各方面参加祖国的伟大建设事业吧！我们的前途是极其光明而伟大的！

最后，我代表西南军政委员会和西南人民，向全体筑路工人们致敬！向积极支援我们修路的中国人民致敬！

川西人民行政公署副主任钟体乾、成都市人民政府市长李宗林、民主党派代表彭迪先、四川大学教授黄宪章、民工筑路模范谢家全等都在会上发表了生动的讲话。他们一致认为成渝铁路在两年内建成，是中国劳动人民具有重大意义的胜利。

满身饰着鲜花的列车向前徐徐开动。在 7 月 1 日前，牵引机车就从重庆机务段出发，提前几天到了成都，并和在重庆负责牵引任务的机车一样，作了装扮。

当天在重庆和成都担任牵引任务的机车，分别是 3859 号和 3846 号。两台机车的装扮几乎一样：车头正中悬挂着毛泽东像，上方为金色的党徽，最顶部为铁架支撑的"西南铁道"4 个大字；在机车的排障器上方，横写着两排标语："纪念中国共产党三十一周年"、"庆祝成渝铁路全线通车典礼"。

除了 3859 号和 3846 号两台机车外，当天还有一台编号为 3816 号的机车从重庆机务段驶出。其作为特别机车，先行一步压道，确保通车庆典万无一失。

庆典仪式结束，修筑成渝铁路的英模代表、四川各族人民代表、民主人士及青年学生，作为第一批旅客登上了列车。贺龙剪彩后，火车驶出成都站，向重庆方向开去。

火车的巨吼，人群的欢呼，高空中 9 架飞机的轰鸣，震荡着成都平原。

坐在列车内的川西区和成都市的各族各界代表伸手向窗外欢呼的人群告别，他们第一次坐着火车到重庆去参观。

　　"成渝铁路胜利建成纪念碑"同时在广场上举行奠基典礼，邓小平、贺龙等参加奠基仪式。纪念碑是西南人民为纪念工人、农民、人民解放军在修筑成渝铁路中的伟大贡献和中国共产党及人民政府的英明领导而设立的。

　　成都人民今天是空前地兴奋，街头巷尾都议论着成渝铁路，老人们回忆着 40 多年来成渝铁路的辛酸历史。人们激动得睡不着觉，从 6 月 30 日晚上起，广场上就不断拥来各色人群。妇女干部和女学生们都穿着鲜艳的衣裙，来自西康藏族自治州和川西北深山中的少数民族穿着各自的民族服装，有的农民从百里之外赶来参加大会，幽美的成都市从夜间到白日都洋溢着欢乐的气氛。30 万群众在 14 时散会后入城沿主要街道游行，夜间还举行了盛大的焰火会。

重庆举行铁路通车典礼

1952 年 7 月 1 日，距离成都几百公里外的重庆火车站同时也沉浸在欢乐中。

中央人民政府铁道部部长滕代远，西南军政委员会副主席熊克武、刘文辉，西南军区副司令员李达，中国铁路工会全国委员会副主席李永，重庆市市长曹荻秋，西南区和重庆市各机关首长以及各机关工作人员、各工厂工人、郊区农民、工商界及学生、居民的代表等参加了庆祝大会。

参加修筑成渝铁路的人民解放军部队、钢铁工人、海员工人、民工等也都参加了大会。

对修建成渝铁路有卓越贡献的苏联专家们也参加了这个盛典。

会场设在菜园坝重庆车站。这里今天装饰一新，车站四周和主席台上红旗飘扬，鲜艳夺目，各处挂着全国各地送来的庆贺成渝铁路胜利完工的锦旗。车站月台和专车车厢上都贴有庆贺的标语，并有各种彩色的装饰。

7 时起，参加大会的群众就陆续进入会场。在主席台前的特设席上，坐着钢铁工厂的劳动模范们。

车站四周的街道和山头上，都站着参观的市民。各街道的居民都在收听大会的实况广播。

在拥挤的群众中，年仅16岁的农村女孩周昭霞也站在车站前的空地上，激动地四处张望。当时，周昭霞家在合川渭沱，她来重庆叔娘家玩，恰好碰上了。她看到周围的人太多了，很多人手里还挥舞着小旗子。庆典开始前，有人在人群中散发《歌唱成渝路》和《我们要和时间赛跑》两首歌的歌单。

8时，庆祝大会开始。滕代远在大会上讲话，他代表毛主席向大会祝贺。他说：

在纪念中国共产党建党31周年的时候，成渝铁路全线通车了。成渝铁路全线通车，是中国人民铁道建设中的一件大喜事，也是西南经济建设中的一件大喜事。我谨代表毛主席向大会祝贺，并将毛主席亲笔祝词的这面光荣的锦旗，赠给西南铁路工程局全体职工同志们。

成渝铁路的提前修通，是由于在工作中依靠了群众的力量和智慧，发挥了群众的积极性和创造性。共产党员在修筑成渝铁路过程中，成为团结群众、克服困难、完成任务的模范。

成渝铁路除了争取一些兄弟国家的友谊援助外，同时还根据毛主席"群策群力，就地取材"的方针，特别是在修筑过程中，吸取了苏联的先进经验。

成渝铁路对于发展西南各地的交通，繁荣

经济，改善西南人民生活，将起到非常重大的作用。今后还要继续修筑西南的铁路，成都到天水的铁路就在今天举行开工典礼。铁路职工要提高修建铁路的技术，为继续完成和发展新中国交通运输事业的光荣任务而奋斗。

接着，熊克武、李达、曹荻秋、中国铁路工会全国委员会副主席李永、全国各铁路局的代表相继讲话，他们一致盛赞成渝铁路修建的迅速，并表示祝贺。

苏联专家奥尼士克夫接着讲话，他庆祝中国建设事业的胜利，奥尼士克夫说：

成渝铁路是中苏两国友谊的结晶。

一〇一钢铁厂劳动模范岳松山在讲话中叙述了该厂工人在修筑成渝铁路中的贡献和成就。他表示，全厂工人响应毛主席的号召，要为西南的铁路建设做更大的努力。

会上，滕代远将毛泽东亲笔写的"庆贺成渝铁路通车，继续努力修筑天成路"的大幅锦旗授予西南铁路工程局全体职工。当这面光荣的锦旗悬挂在主席台前时，全场群众热烈鼓掌，掌声经久不息。

西南铁路工程局也向中共中央西南局、西南军政委员会、西南军区献旗致敬。

10时整，在有关领导和各界代表讲话结束后，随着军乐团奏起雄壮的乐曲，一条中间扎着花球的红绸带横拉在火车前方。

李达和滕代远笑容满面，准点来到红绸前，在西南局、重庆市、西南铁路工程局有关领导的陪同下，滕代远举起剪刀，一刀剪断了红绸。

车站值班人员扬旗下垂，随即举起绿色信号旗。"呜——"一声汽笛长鸣，一列装饰一新的蒸汽机车满载着筑路工人、各界代表和少先队员等缓缓驶出重庆车站。

张凤君是值乘重庆到成都的列车副司机，在那列火车上，包括他在内，一共有7名值乘人员。他们从6月20日左右就开始装扮机车。7月1日一早，他们开着机车从位于九龙坡黄桷坪的重庆机务段出发，提前一个小时到了菜园坝，连接好停在站台边的列车，随时准备发车。

聚集在那里的3万多名群众欢呼起来，他们拉着修建铁路的人民解放军、铁路工人代表一起联欢，久久都不愿离去。

当两列火车同时从成都和重庆开出的时候，路旁的人们发出了等待了近半个世纪的欢呼。

一位家住成渝铁路边上的老太太高兴得老泪纵横："中国有了毛主席，我们才能看见火车，我都67岁了，今天终于看见了火车！"

这一天，西南局机关报《新华日报》全部4个版面上，印满了毛泽东、周恩来、朱德等党和国家领导人祝贺成渝铁路全线通车的贺词，第三版右下方登载了一则由西南铁路工程局重庆管理分局发出的通告：

　　重庆、成都间每日开行51、52次直达快车一对，发售软、硬席客票、睡铺票，负责行李包裹运输，并附挂餐车……

各界盛赞成渝铁路通车

成渝铁路的全线通车牵动着每一个四川人的心，自然也引起了时任中央人民政府副主席张澜老先生的关注。

1952年4月17日，邓小平曾委托西南军政委员会秘书长孙志远以他的名义，向张澜报告成渝铁路修建情况以及西南铁路建设的计划。

四川籍的老革命家吴玉章，听到成渝铁路全线通车的消息后兴奋不已，撰文《庆祝成渝铁路通车》表达他对家乡人民的祝福之情。吴玉章在文中深有感触地说：

成渝铁路通车了，这是中国革命与建设的又一伟大胜利。成渝铁路是经过巨大的斗争全线通车，有极大的历史意义。

四川是土地广大富饶、人口最多的省份，因为山川险阻，交通不便，以致事事落后。

吴玉章在列举了四川人民为了修建铁路与清政府及军阀、官僚进行了近半个世纪的斗争后，才讲到新中国建立后四川人民盼来了光明：

解放前四五十年不能完成的事业，解放后

两三年就完成了，四川解放以来不到三年的时间，成渝铁路就通车了。这就说明新中国能使全国人民的伟大力量发挥出来，迅速地建成一个进步的工业化的独立、民主、和平、统一和富强的国家。

西南军政委员会副主席熊克武说：

这是腐朽无能的反动政府与人民政府在实际行动上最明显最尖锐的对照！

成都铁路局机车司机宋振文说："40多年的愿望，旧社会修了40多年的铁路，没有修起来。四川人民盼望铁路已经40多年了，40多年没修好，中国共产党两年就修起来了。"

人民群众中有人写了这样一副对联：

人民坐江山，黄河也有澄清日；
铁路连川陕，从今蜀道不再难。

1952年9月16日，为了纪念修筑成渝铁路10万民工大军的历史功绩，缅怀在筑路中献身的民工英雄，中央人民政府铁道部西南铁路工程局决定在四川省内江市的梅家山修建成渝铁路筑路民工纪念堂。

1953 年春天，中央人民政府铁道部西南铁路工程局又在成渝铁路筑路民工纪念堂前 40 米处修建了成渝铁路筑路民工纪念碑。

成渝铁路正式交付运营

从 1952 年 7 月 6 日起，成渝铁路全线正式开始运营。

成渝铁路自从建成通车后，一直担负着支援西南区基本建设的重大任务。全线运输货物的总吨数中，基本建设器材占了一半，而且将逐月增加。从 1953 年 1 月份共运输水泥 133 车，5 月份增加到了 242 车。

成渝铁路全线职工把基本建设器材的运输列为头等重要的任务。从 1 月到 5 月，这项运输任务每月都完成了计划，保证了重庆、成都等地基本建设工程器材的及时供应。

1953 年年初，重庆正在开工的建设工程急需木材，成渝铁路职工便把川西灌县的木材以每天 10 辆车皮及时运到重庆，使灌县第一季度供应重庆木材的计划在一个月之内就完成了。

为了把大量的基本建设器材尽快地送到工地，成渝铁路有时还组织专门列车运输。内江车站组织的运砖瓦的专门列车，及时供应了成都的建筑需要。过去公路和河流无法运送或者运送成本很高的大型机器等基本建设器材，现在也迅速地由成渝铁路运到了工地，而且每吨器材运价平均比过去降低了 80%。

1953 年 7 月 30 日，成渝铁路正式交付运营。

人们欣喜地看到，成渝铁路的道钉、道岔上，都刻着我国的厂名。崭新的车厢上标着"唐山铁路工厂制造"或"四方铁路工厂出品"的字样，整条成渝铁路没有一件是外国输入的东西。

成渝铁路正式交付运营后，铁路专家们在谈到成渝铁路时一致认为：

两年内修通这样长的铁路，单就时间来说也是中国铁道建设史上的奇迹。

专家们总结说：

成渝铁路迅速完工的原因很多，但决定的关键是劳动效率的空前提高。

他们接着详细说明，在成渝铁路上，不论哪一段或哪一个工程，只有提前完工和节省大量人工的，没有逾期不交工的。

柏树坳隧道工程队的潘钊元说："像柏树坳这样的大隧道，按过去经验是至少需要两年时间完成，但我们一年就完成了。工人们的实际劳动效率总是突破技术人员的计算。成都工务段原计划用工 600 万，实际只用了 480 万。"

施工局的罗崇富局长说："像成渝路这样艰险的工

程，照国民党时期的劳动效率，用我们现在这样数量的人，光土石方工程也得做 8 年。可是我们实际只用了一年时间便基本完成了全部土石方工程。"

罗崇富接着说："这是什么原因呢？成渝路上山多石硬，开山凿石工程十分艰巨。开始时，打眼是两个人一组，每天前进七八米；放炮要用 0.4 公斤甚至 0.575 公斤的炸药。以后民工颜绍贵创造了单人冲炮眼的新方法，打眼的效率一下就提高到一个人每天前进 24 米的新纪录。就是说，现在 1 个人等于过去 6 个人的劳动。

"另一民工谢家全，发明了压引线放炮法，使每次放炮的用药量由过去的 0.4 公斤至 0.575 公斤减为 0.15 公斤。仅这一项发明，便给国家节省炸药费 50 多亿元。颜绍贵和谢家全的发明创造，鼓舞了全路民工。23 岁的青年团员萧光瀚和他的伙伴们经过苦心研究，很快以每天前进 26 米的纪录超过了颜绍贵。萧光瀚继续钻研，又使打眼效率提高到 30 米、50 米。就是说，1 个人等于 12 个到 15 个人的劳动。

"萧光瀚的打眼纪录，震动了很多留学欧美的专家。开始他们不相信，说是工作人员替萧光瀚吹牛。但在组成参观团到工地实地视察以后，他们都异口同声说：真是奇迹！

"其他像打夯、搬石头，也都有或大或小的发明创造或改进。仅打石头用的钢钎，就发明了适合各种石质的 10 多种样式。每一种发明创造都提高了劳动效率，加速了工程的进展。据施工局统计，土石方工程的劳动效率平均比国民党统治时期高出三倍。"

成都工务段梅蓬春工程师说："过去中国铁路的路基工程，一般都用自然沉落法，就是打好路基，填起黄土，经过一至两个雨季的自然沉落，然后再铺轨。铺轨后再经过一至两个雨季，然后通车。初期行车时，速度不得超过10公里。

"这次修筑成渝铁路时，还在打路基的初期，苏联专家就提出分层填土打夯法的建议，就是路基做好后，每填十五六厘米打夯一次，直至填到应有的高度。依照这个办法，成渝路筑了极稳固的路基，而且用不着经过雨季的沉落。

"所以成渝铁路从动工开始，总是前边打路基，后面紧接着铺轨，通车，并开始营业。现在成渝铁路的东段和中段，列车都是以每小时45公里的速度前进着。全程也不过20小时。

"国民党过去设计的成渝铁路，是宽1米的窄轨路，现在按照新的标准，放宽为1.435米。路上的许多工程，采用了先进的苏联形式和标准。如钢轨的铺垫改变了历来的错接法，采用了苏联专家建议的对接法。那里在枕木上加填了垫板，每根枕木上由4个道钉增加为8个，这能使枕木寿命延长4倍多。"

梅蓬春接着说："成渝铁路的一些重要桥梁、隧道和涵洞，又按苏联专家的建议加填了防水层。防水层不仅在中国其他铁路上没有，就是欧美资本主义国家的铁路上也不多见。"

梅蓬春打比方说："不加防水层的桥梁、隧道能用 50 年，加填防水层后至少可用 200 年。"

工务处一位工程师接着梅蓬春的话说："苏联的经验之所以先进，不仅因为它可以使工程坚固，美观，修得快，而且能降低成本费用。在苏联专家指导下的成渝路的工程，成本比中国过去任何铁路都低。"

这位工程师还把成渝铁路和京汉铁路作了个对比的计算，他说："成渝路每公里的平均工程比京汉路大 7 倍，费用却只等于京汉路的 20%。"他和其他工程师共同把中国所有铁路的建筑费用作了个对比，结论是成渝路最低。

成渝铁路是新中国成立以前任何时代都不可想象的奇迹，是中国铁路史上的一个创举。

成渝铁路是我国自行设计施工，完全采用国产材料修建的第一条铁路。

成渝铁路西起成都，东至重庆，是联结川西、川东的经济、交通大动脉。它的建成，不仅圆了巴蜀人民近半个世纪的梦想，也体现了中国共产党的伟大及其驾驭、领导经济建设的能力，从而拉开了新中国大规模经济建设的序幕。成渝铁路的建成，改变了四川交通的格局，对新中国成立初期重庆乃至整个西南地区国民经济的恢复，都有着重大的历史意义。

成渝铁路的建成具有极大的经济价值，它横穿四川盆地中心，有力地促进了西南地区的物资交流，对发展生产和繁荣经济起着重要作用。

本书主要参考资料

《国史全鉴》 本书编委会编 团结出版社

《共和国五十年珍贵档案》 中央档案馆编 中国档案
　　出版社

《中国现代史资料选辑》 彭明主编 中国人民大学出
　　版社

《铁道兵回忆史料》 中国人民解放军历史资料丛书编
　　审委员会编 解放军出版社

《三线建设铸造丰碑》 王春才主编 四川人民出版社

《铁道兵不了情》 宋绍明主编 解放军文艺出版社

《邓小平与中国铁路》 孙连捷著 中共中央党校出
　　版社

《成渝铁路》 王芝芬编写 新知识出版社

《成渝铁路工运史资料选编》 中国铁路工会第二工程
　　局委员会编 西南交通大学出版社